현대문학 미술사 수필

고유섭 수필집

/한국미술사/

고유섭 수필집 (한국 미술사)

발 행 | 2020년 02월 17일
저 자 | 고유섭
펴낸이 | 한건희
펴낸곳 | 주식회사 부크크
출판사등록 | 2014.07.15.(제2014-16호)
주 소 | 서울 금천구 가산디지털1로 119 SK트윈테크타워 A동 305-7호
전 화 | 1670-8316
이메일 | info@bookk.co.kr

ISBN | 979-11-272-9780-0

현대문학 미술사 수필

고유섭
수필집
/한국미술사/

고유섭 지음

목차

2. 부록 : 시

머리말

고유섭

(高裕燮, 1905~1944) 미술 사학자.

 호는 우현(又玄)이며 인천 부내면 용리 출생으로 고적답사로 한국의 사찰 및 탑파를 찾아 연구하였다.

1925년 보성고등보통학교를 졸업하였으며, 1927년에 경성제국대학 법문학부 철학과에 입학하여 미학·미술사를 전공했다.

1933년 개성부립박물관 관장을 10여 년간 지냈다. 전국에 분포하고 있는 석탑을 연구 초점으로 백제와 신라, 통일신라 때의 석탑들을 양식론에 입각하여 체계화하였다.

또한, 고유섭은 석탑뿐 아니라 불교미술의 전 분야에

걸쳐 관심을 가졌으며 특히 불교조각의 발전에 주목하
였다.

그러나 1944년 40세의 젊은 나이로 병사하였다.
그의 우리 미술사에서의 업적을 기리는 의미에서 '우현
상(又玄賞)'을 제정하여 오늘에 이르고 있다.

주9 저서로는
『조선회화집성』·『조선탑파의   연구』·『한국미술문화사논
총』 등을 저술.

'   '

'고유섭' 작가의 원작 토속어(사투리, 비속어), 한자를 그대로 담
았으며 오탈자와 띄어쓰기만을 반영하였습니다.(작품 원문의 문장
이 손실 또는 탈락 된 것은 'X', 'O', '?'로 표기하였습니다.)

고유섭
수필집
/한국미술사/

1.

미술사 수필

경인팔경(京仁八景)

1. 효창원(孝昌園) 춘경(春景)

노합(老閤)은 붉을시고 고림(古林)만 검소와라 종다리 높이 뜨고 신이화(莘荑花) 만산(滿山)토다 혼원(渾圓)이 개춘색(皆春色)커늘 어찌 나만 홀로

2. 한강(漢江) 추경(秋景)

청산(靑山)엔 벽수(碧水) 돌고 벽수(碧水)엔 백사(白沙)일세 유주(遊舟)는 풍경(風景) 낚고 백구(白鷗)는 앞뒤 친다 아마도 간간(間間)한 홍엽단풍(紅葉丹楓)이 내 뜻인가 하노라

3. 오류원두(梧柳原頭) 추경(秋景)

어허 이해 넘것다. 서산(西山)에 자기(紫氣)인다. 유수(流水)만 기러지고 마량초(馬糧草) 백파(白派)진다. 어즈버 이 산천(山川)에 이내 마음 끝 간 데를 몰라라

4. 소사도원(素砂桃園) 춘경(春景)

양춘(陽春)이 포덕(布德)하니 산장(山莊)도 붉을시고 황조(黃鳥)의 울음 소래 새느냐 마느냐 곁에 님 나를 보고 붉은 한숨 쉬더라

5. 부평(富平) 하경(夏景)

청리(靑里)에 백조(白鳥) 나라 그 빛은 학학(鶴鶴)할시고 허공중천(虛空中天)에 우줄이 나니 너뿐이도다 어즈버 청구(靑邱)의 백의검수(白衣黔首) 한(恨) 못 풀어 하노라

6. 염전(鹽田) 추경(秋景)

물빛엔 흰 뫼 지고 고범(孤帆)은 아득하다 천주(天柱)는 맑게 높아 적운(赤雲)만 야자파(也自波)를 어즈버 옛날의 뜻을 그 님께 아뢰고져

7. 북망(北邙) 춘경(春景)

주접몽(周蝶夢) 엷게 치니 홍안(紅顔)도 가련(可憐)토다 춘광(春光)이 덧없는 줄 넨들 아니 짐작(斟酌)하랴 그 님아 저 건너 황분(荒墳)이 마음에 어떠니

8. 차중(車中) 동경(冬景)

앞바다 검어들고 곁 산(山)은 희어진다 만뢰(萬籟)가 적
요(寂寥)컨만 수레 소리 요란하다 이 중에 차중정화(車
中情話)를 알려 적어 하노라

경주기행(慶州紀行)의 일절(一節)

고요한 마음과 매인 데 없는 몸으로 청산(靑山)엘 홀로 거닐어 보자. 창해(蒼 海)에 홀로 떠나 보자. 가다가 며칠이라도 머물러 보고, 싫증이 나거든 돌아서도 보고, 번화함이 싫거든 어촌산사(漁村山舍)에서 적료(寂廖)한 꿈도 꾸고, 소조(蕭條)함이 싫어지면 유두분면(油頭粉面)의 넋두리도 들어 보자. 길가에 꿇어앉아 마음 놓고 앙천대소(仰天大笑)도 하여 보고, 대소(大笑)하다 싱겁거든 달음질도 주어 보자. 시냇물이 맑거들랑 옷 입은 채로 건너도 보고, 길가의 낙뢰송(落磊松)이 보이거든 어루만져 읊어도 보자. 가면(假面)의 예절은 악마에게 덜어 주고 싱거운 수식(修飾)은 속한(俗漢)에게 물려주어, 내 멋대로 천진(天眞)히 뛰어 보자. 구차(苟且)한 생(生)에 악착스럽지도 말고, 비겁한 자기(自棄)에서 패망(敗亡)치도 말고, 내 멋대로 순진(純眞)히 노래해 보자, 하면서도 저문 날에 들 집이 없고, 무거운 안개에 등불이 돈탁(沌

18

濁)해질 때 스스로 나그네의 애상(哀傷)은 뜬다.

차(車)를 타자. 너도 타고 나도 타자. 하필 달음질을 주
어 어수선한 이 세상을 더욱 어수선케 만들 것이 무엇
이냐. 고달픈 몸이라 너도 눕고 싶겠지만, 하물며 옆 사
람이 깊이 든 잠결에 몸집이 실린다고 짜증을 낼 것은
무엇이냐. 짐이란 시렁 위에 얹으려무나. 자리 밑에 넣
으려무나. 네 자리도 넓어지고, 옆 사람도 펀켔서늘, 무
엇이 그리들 잘났다고 그 큰 짐을 우마(牛馬)같이 양협
(兩脇)에 끼어 안고 네 세상같이 버티느냐. 이 소같이
우둔한 사람들아, 차가 굴속에 들지 않느냐. 그 무서운
독와사(毒瓦斯) 같은 석탄연매(石炭煙煤)가 몰려 꽂히는
데, 질식치도 않고 저다지 있느냐. 담배들도 그만 피우
라, 내 눈이 건어(乾魚) 같아진다. 이 촌마누라여, 그대
에게는 흙 묻고 때 묻은 그 누더기 솜버선이 귀중키는
하겠지만, 나의 코앞에 대고 벗어 털 것이 무엇인고.
'미라' 같은 그 발맵시도 가련하긴 하지만, 보기 곧 진
실로 싫구려. 목초마도 아깝긴 하지만, 그 더러운 속옷
만은 제발 덮어 두오. 아이 여행하거 들랑 차도 타지

마라.

동해중부선(東海中部線)은, 옛날의 당나귀걸음이 제법 빨라졌다. 동촌(東村)은 대구지동촌(大邱之東村)의 뜻인가. 그보다도 어스름 달빛 아래 반야월(半夜月)을 지나고 대천(大川)을 끼고 도니, 청천(淸泉)·하양(河陽)·금호(琴湖)·영천(永川)·임포(林補), 모두 그 이름이 좋다. 날이 밝기 시작하니 계변교송(溪邊高松)이 군데군데 일경(一景)이요, 아침 안개가 만야(滿野)에 흩어지니 원산봉수(遠山峰岫)가 바다에 뜬 듯, 게다가 조돈(朝暾)이 현궁(玄宮)을 물들이니 채운(彩雲)이 빛나서 아화역(阿火驛)이라. 건천광명(乾川光明)에 이를수록 차는 자갈의 벌판을 달리고, 해는 높아진다. 저 건너 저 양류촌(楊柳村) 계변(溪邊)에 번듯이 보이는 와옥정사(瓦屋精舍)는 옛적에 본 법하지만 물어 알 곳이 없고, 양지(陽地)에 기복(起伏)된 산맥은 북국(北國) 산맥의 준초(峻峭)한 맛이 전혀 없다. 들판엔 죽림(竹林)이 우거져 있고, 산(山)판엔 송삼(松衫)이 무성하여 옛적의 소삽(蕭颯) 띤 풍경은 가셔졌지만, 차에 오르려는 생도(生徒)의 촌민(村民)의 궁상은 흙 묻은

갈치요, 절여진 고등어 떼들이다. 아아.

서악(西岳)은 경주의 서산(西山)이니, 차창에서 내다보기 시작하는 고분(古墳)의 떼를, 평지의 광야의 고분의 떼를 놀라이 여기지 마라. 한무(漢武)의 고지(故知)를 본받아 서산낙조(西山落照)에 울부짖으려 함이 아니었겠고, 미타정토(彌陀淨土)의 서방극락(西方極樂)을 쫓으려 함이 아니었겠지만, 경주의 고분은 서악(西岳)에 별쳐져 있나. 남산(南山)·북망(北邙)·동령(東嶺)엔들 고분이 어찌 없으랴만, 신라의 고분은 서악에 있다 하노니, 이 무슨 뜻인가 의심치 마라. 신라 불교문화의 창시정초(創始定礎)를 이루고, 신라국가(新羅國家)의 패기(覇氣)를 보이던 법흥(法興)·진흥(眞興)·진지(眞智) 제왕(諸王)의 능이 이 서악에 있고, 삼국통일의 위업을 이룬 무열(武烈)의 능을 비롯하여 김인문(金仁問)·김양(金陽)·김유신(金庾信) 등 훈관(勳官)의 묘가 이곳에 몰려 있으니, 서악 이 어찌 이 경주의 고분을 대표하는 지대라 아니하랴. 봉황대(鳳凰臺) 이남의 원분(圓墳)·표형분(瓢形墳), 구정리(九政里)의 방형분(方形墳) 등이 고고학적으로 귀중치 아니함이 아니나, 서악의 제분(諸墳)과 그 뜻을 달리한다.

차는 경주로 달린다. 산 같은 고분은 민가(民家)와 함께 셋, 넷, 하나둘 사이좋게 섞여 있다. 남(南)에도 고분, 북(北)에도 고분, 차는 고분을 바라보고, 고분을 끼고, 고분을 돌고, 고분을 뚫고 달린다, 달린다. 머리 벗겨진 고분, 허리 끊어진 고분, 다리 끊어진 고분, 팔 끊어진 고분, 경주인은 고분과 함께 살림하고 있다. 헐어진 고분은 자갈돌의 사태(沙汰)이다. 자갈돌의 사태, 고분의 사태, 돌무덤의 바다, 차를 내려 거닐어 보아라. 길에도 논에도 밭에도 두렁에도 집터에도 담에도 벽에도 냇가에도 돌, 돌, 돌, 진실로 경주는 돌의 나라이니, 돌은 곧 경주이다. 해주(海州)의 석다(石多)가 유명하지만, 경주의 다석(多石)도 그에 못지않다. 다만, 해주의 돌들은 조풍(潮風)에 항쟁(抗爭)하고 조풍에 시달린 소삽(蕭颯)한 돌들이지만, 경주의 돌은 문화를 가진 돌이요, 설화를 가진 돌이요, 전설을 가진 돌이요, 역사를 가진 돌이다. 경주에서 문화를 빼고 신라에서 역사를 빼려거든, 경주의 돌을 없이 하여라.

22

인류의 역사는 돌에서 시작되느니, 신라의 문화만이 어찌 돌의 문화라 하랴. 원시석기시대(原始石器時代)의 문화란 어느 나라에나 있던 것이요, 돌의 문명이란 어느 나라에나 있던 것이, 하필 신라만의 문화가 돌의 문화라 하랴. 숙신(肅愼)도 말갈(靺鞨)도 예맥(濊貊)도 고구려도 백제도, 기타 어느 나라도 모두 돌의 문명을 가졌다. 그러나 그들의 돌의 문화는 '쌓는 문명'이요 '새기는 문화'가 아니었으니, 돌은 새겨지는 곳에 문화적 발달의 극한(極限)을 본다.

그러나 이러한 문화를 남긴 것으로서 신라문화의 특색으로 알지 마라. 만일 통삼(統三)의 주체가 신라가 아니었고 고구려였어도, 또는 백제였어도 그들은 의당 돌을 새기는 문화를 남기었을 것이다. 고구려와 신라를 공간적으로만 비교치 마라, 관념적으로만 대립시키지 마라. 신라에는 통일 이후라는 신세대가 연결되어 있고, 고구려는 통삼(統三) 이전이란 구기(舊期)에 속하여 있으니, 세대차를 무시하지 말아라. 고구려와 동세대의 구기(舊期)의 신라는 고구려와 같이 '새기는 문화'를 아직 갖지 못하였던 것을 사가(史家)야 잊지 말아라. 백제 또한 그러하니, 그러므로 삼국기(三國期)의 조선의 문화는 돌을 쌓는 곳에 그친 문명세대였고, 통일 전후부터 '새기는 문화'가 발전되었으니, 신라의 문화를 전체로 '새기는 문화'로만 알지 마라. 구기(舊期)의 신라는 고구려·백제와 다름없는 축석(築石)의 문화이었느니라.

'쌓는 문명'에서 '새기는 문화'로의 전개, 이것은 석기문명(石器文明) 진전의 필연상(必然相)이니, 이것은 실로 신라민족의 고유한 특징이 아니라, 통일 이 후의 조선문화의 특색이었다. 돌을 쌓는 문명을 지양(止揚)하고 차견(差遣)하고, 돌을 새기는 문화로의 진전은, 그러나 조선문화만의 역사적 진전의 필연 상이 아니라 또한 세계문화의 진전의 공통상(共通相)이니, 어찌 신라민족만의 고유상(固有相)이요 특유상(特有相)이라 규정할 수 있으랴. 우리는 모름지기 이 '새기는' 계단의 문화를 세계 인류문화사(人類文化史)의 한 계련(係聯) 속에서 이해할 것이요, 결코 신비로운 민족성의 성격만으로 이해치 말자.

돌을 '쌓는 문명'에서 돌을 '새기는 문화'로의 진전은 그 자체로서 돌의 문화를 부정할 모순적 계기를 내포하고 있는 것이니, 다음에 나설 문화가 철류(鐵類)의 문화임이 틀림없으나, 철(鐵)은 마침내 살벌(殺伐)의 이기(利器)로 악마화(惡魔化)하고, 동양에서의 진정한 문화의 계단은, 특히 조선에서의 문화의 계급은 흙의 문화가 대신코 나섰으니, 이는 조선으로 하여금 현실적으로 불행케 한 가장 중요한 원인의 하나이었을 것이니, 예술적으론 정서의 고양(高揚)을 본다. 돌의 문화에서 흙의 문화로의 전환은 조선의 문화가 원심적(遠心的) 문화에서 구심적(求心的) 문화로의 전환을 뜻한다. 경주를 보고 송도(松都)를 보아라. 송도에는 깨어진 흙의 문화〔도자(陶磁)〕가 흩어져 있고, 경주에는 새겨진 돌의 문화가 흩어져 있으니, 양조(兩朝)의 문화는 이로써 비교 된다. 장정(裝幀)의 색채로써 비유한다면, 경주의 문화, 신라의 책자(冊子)는 적지(赤紙)에 금자(金字)로써 표시하겠고, 송도의 문화, 고려의 책자는 청지(靑紙)에 흑자(黑字)로써 표시하리라.〔이곳에 동철기문화(銅鐵期文化)는 재략(除略)하였다. 그것은 삼대문화(三代文化)를 규범으로 하

던 조선조에서 논할 것임으로써 이다]

경주에 가거든 문무왕(文武王)의 위적(偉蹟)을 찾으라. 구경거리로 경주로 쏘다니지 말고 문무왕의 정신을 기려 보아라. 태종무열왕(太宗武烈王)의 위업(偉業)과 김유신(金庾信)의 훈공(勳功)이 크지 않음이 아니나, 이것은 문헌에 서도 우리가 기릴 수 있지만 문무왕의 위대한 정신이야말로 경주의 유적(遺跡)에서 찾아야 할 것이니, 경주에 가거들랑 모름지기 이 문무왕의 유적을 찾으라. 건천(乾川)의 부산성(富山城)도, 남산(南山)의 신성(新城)도, 안강(安康)의 북형산성(北兄山城)도 모두 문무왕의 국방적(國防的) 경영(經營)이요, 봉황 대(鳳凰臺)의 고대(高臺)도, 임해전(臨海殿)의 안압지(雁鴨池)도, 사천왕(四天王)의 호국찰(護國刹)도 모두 문무왕의 정략적(政略的) 치적(治積)이 아님이 아니나, 무엇보다도 경주에 가거든 동해의 대왕암(大王岩)을 찾으라.

듣건대, 대왕암은 동해에 있으니, 경주서 약 육십 리. 가는 도중에 준령(峻嶺)을 넘고, 길은 또 소삽(小澁)타

하며 장장하일(長長夏日)의 하루가 장정(壯丁)으로도 역시 부족하다 하기로 경성(京城)을 떠날 때 몹시도 걱정스럽더니, 막상 당지(當地)에 당도하고 보니 문명의 이기(利器)는 어느새 이곳도 뚫어내 어 십일월 중순의 짧은 날도 거리낌 없이 장도(壯途)(?)에 오르게 되었다. 덕택에 중간의 고적풍광(古跡風光)은 문자 그대로 주마관산(走馬觀山)격이어서, 이것은 분황탑(芬皇塔), 저것은 황복탑(皇福塔), 돌고 있는 곳은 명활산성(明活山城)의 아래이요, 저 건너 보이는 것은 표암(瓢岩)이로세. 저 속이 고선사(高仙寺)요, 그 안에 무장사(鍪藏寺)요, 언뜻언뜻 보이고 지나는 대로 설명이 귀를 스칠 때 차는 황룡상산(黃龍商山)을 넘어 멀리 동해를 바랄 듯, 구곡양장(九曲羊腸)의 험로(險路)를 멋쩍고 위태(危殆)히 흔들고 더듬는데, 생사를 헤 아리지 않는다 해도 나의 다리는 기계적으로 물리적으로 오그라졌다, 펴졌다…….

험관(險關)을 벗어난 차는 마음 놓고 다시 대지를 달린다. 이리 꾸불, 저리 꾸불, 꾸불꾸불 도는 길이 계곡의 북안(北岸)을 놓치지 않고 꾸불꾸불 뻗고 있다. 계곡은 조선의 계곡이라 물이 흔할 수 없지마는, 넓은 폭원(幅原)에 그 많은 자갈돌은 심상치 않은 이야기를 가진 듯이 그 사이로 계남(溪南)의 산음(山陰)에는 취송단풍(翠松丹楓)이 한 경(景)을 지어 있고, 계북(溪北)의 남창(南敞)에는 죽림(竹林)이 어우러져 있다.

저 골은 기림사(祇林寺)로 드는 골이요, 이 내는 석굴암(石窟庵)으로 통하는 길이라, 군데군데 설명을 귀담아 듣다가 어일(魚日)서 차를 버리고 광탄(廣坦) 한 수전대야(水田大野)를 동으로 남으로 내려가면서 산세(山勢)와 수로(水路)를 따지고 살펴보니, 아하, 이것이 틀림없이 동해대해(東海大海)로 통하는 행주(行舟)의 대로(大路)였구나 깨닫게 되고 보니, 다시 저 계곡이 궁(窮)한 곳에 석굴불암(石窟佛庵)이 동해를 굽어 뚫려 있고, 이 계류(溪流)가 흘러 퍼져 진 곳에 감은대사(感恩大寺)가 길목을 지켜 이룩됨이 결코 우연치 않음이 이 해된다.

설(說)에 문무왕(文武王)이 승하(昇遐) 후, 소신화룡(燒身化龍)하사 국가를 진호(鎭護)코자 이 감은대사의 금당체

하(金堂砌下)로 드나들어 동해를 보살폈다니, 지금은 사관(寺觀)의 장엄(莊嚴)을 비록 찾을 곳이 없다 하더라도 퇴락된 왕시(往時)의 초체하(礎砌下)엔 심상치 않은 그 무엇이 숨어 있을 듯하다. 사 문(寺門)까지는 창파해류(蒼波海流)가 밀려들 듯 하여 사역고대(寺域高臺)와 문전평지(門前平地)가 엄청나게 그 수평(水平)을 달리하고, 황폐된 금당(金堂) 좌우에는 쌍기(雙基)의 삼중석탑(三重石塔)이 반공(半空)에 솟구치어 있어 아직도 그 늠름한 자태와 호흡을 하고 있다. 사명(寺名)의 감은(感恩)은 물론 문무대왕(文武大王)의 우국성려(憂國聖慮)를 감축(感祝)키 위한 것일 것이요, 호국용왕(護國龍王)이 금당대혈(金堂大穴)에 은현(隱現)코 있었다 하니, 금당이 역시 용당(龍堂)이라. 주산(主山)을 용당산(龍堂山)이라 함이 또한 그럴듯하나 이견대(利見臺)는 찾지 못하였고, 해적(海賊)이 감은사의 대종(大鐘)을 운수(運輸)하다가 어장(魚藏)코 말았다는 대종천구(大鐘川口)에 어촌부락(漁村部落)이 제대로 오물오물히여 엉켜져 있다. 탑두(塔頭)에서 동해는 지호간(指呼間)에 보이고, 대왕이 성체(聖體)를 소산(燒散)한 대왕암소도(大王岩小島)는 눈앞에 뜨나 파광(波光)의 반사가 도리어 현란(眩亂)하니, 바닷가로 나아가자.

바닷가로 나아가자. 내 대해(大海)의 풍광에 굶주린 지 이미 오래니, 바닷가로 나아가자. 백사장이 창해(蒼海)를 변두리 치고 있는 곳에 청송(靑松)은 해 풍(海風)에 굽어 있고, 현궁(玄穹)이 한없이 둥글어 있는 곳에 해면(海面)은 제멋대로 펼쳐져 있지 아니하냐. 백범(白帆)이 아니면 해천(海天)을 분간할 수 없고, 백파(白波)가 아니면 남벽(藍碧)을 가릴 수가 없다. 갈매기 소리는 파도 속에서 넘나 떠 있고, 까막까치의 소리는 안두(岸頭)에 떠돌고 있다. 대종천구(大鐘川口)에서 해태(海苔)가 끼인 기암(奇岩)에 올라 조풍(潮風)을 들이마시고, 부서지는 창파백조(蒼波白潮) 속에 발을 담그며, 대왕암(大王岩) 고도(孤島)를 촬영도 하여 본다. 이미 시든 지 오래인 나의 가슴에선 시정(詩情)이 다시 떠오르고, 안맹(眼盲)이 된 지 오래인 나의 안저(眼底)에는 오채(五彩)가 떠오르고, 이름 모를 율려(律呂)는 내 오관(五官)을 흔들어 댄다. 안내(案內)의 촌부(村夫), 나의 이 운(韻)을 깨달았던

지 촌(村)에 들어가 맥주 일구(一甌)를 가져오니, 냉주일
배(冷酒一杯)는 진실로 의외의 향응(饗應)이었고, 평생에
잊히지 못할 세욕탁진제(洗浴濯塵劑)였다.

대왕(大王)의 우국성령(憂國聖靈)은
소신(燒身) 후 용왕(龍王) 되사
저 바위 저 길목에
숨어들어 계셨다가
해천(海天)을 덮고 나는
적귀(賊鬼)를 조복(調伏)하시고
우국지성(憂國至誠)이 중(重)코 또 깊으심에
불당(佛堂)에도 들으시다
고대(高臺)에도 오르시다
후손(後孫)은 사모(思慕)하야
용당(龍堂)이요 이견대(利見臺)라더라
영령(英靈)이 환현(幻現)하사
주이야일(晝二夜一) 간죽세(竿竹勢)로
부왕부래(浮往浮來) 전(傳)해 주신
만파식적(萬波息笛) 어이하고

지금에 감은고탑(感恩高塔)만이

남의 애를 끊나니

대종천(大鐘川) 복종해(覆鐘海)를

오작(烏鵲)아 뉘지 마라

창천(蒼天)이 무심(無心)커늘

네 울어 속절없다

아무리 미물(微物)이라도

뜻있어 운다 하더라.

고난(苦難)

나는 몹시도 빈궁(貧窮)하기를 바랐다. 난관(難關)이 많기를 바랐다. 나를 못 살게 구는 사람이 많기를 바랐다. 부모도 형제도 붕우(朋友)도, 모두 나에게 고통을 주고 불행을 주는 이들이기를 바랐다. 그러니 이를 얻지 못한 소위 다행아(多幸兒)란 자가 불행(不幸)한 나이다. 아아, 나는 불행하다. 그 이유는 여기에 있다. 사람의 마음은 일대난관(一大難關)에 처하여야 비로소 그의 마음에 진보를 발견한다. 발현되는 그의 소득은 비록 적을지라도……. 그러다가 마침내 폭발적 계시로 말미암아 그의 승리는 실현된다고 믿는 까닭으로…….

고려관중시(高麗館中詩) 두 수

급월당(汲月堂) 잡지(雜識)

『해동역사(海東繹史)』에 『고극정중주집(高克正中州集)』에서 끌어 온 채송년(蔡松年)의 「고려관중시(高麗館中詩)」두 수라는 것이 있다.

蛤蜊風味解朝醒 조갯국 풍미 있어 아침 숙취 풀기 좋고
松頂雲凝雨不晴 솔끝에 구름 엉겨 비가 내려 개지 않네.
悄悄重簷斷人語 고요한 겹겹 처마 사람 소리 끊겼는데
碧壺春筍更同傾 청자 술병 봄 죽순에 다시 술잔 함께 드네

晚風高樹一襟淸 높은 나무 늦바람에 온 가슴이 맑아지고
人與縹甆相照明 사람과 옥빛 술병 서로 비쳐 환하구나.
謝女微吟有深致 사녀(謝女)가 나직이 읊자 깊은 운치 생겨나니
海山星月摠關情 바다 산의 별과 달이 모두 맘에 드는구나.

이는 매우 깨끗하고 그윽하고 정취(情趣) 있는 시가 아닌가. 때는 정히 봄비가 제법 무르녹게 오락가락하는지라 검은 구름이 송정(松頂)에 엉켜 드는 품이 길손의 마음을 떨더란 발줄같이 무겁게 하는데, 숙취(宿醉)도 곁들여 미성(未醒)이라 벽호춘순(碧壺春筍)을 기울여 가며 냉이·소리쟁이·달래에 갓 잡은 조개를 안주하여 묵묵히 해장하고 있었겠다. 그러다가 늦바람이 일어나 높은 나무에 걸쳐 소리 나니 답답하던 마음이 홀연히 풀리고 시원한 풍정(風情)이 일시에 솟는데, 입노래·콧노래·몸맵시·화장단청(化粧丹靑) 고루고루 고운 여자, 표자(縹蔈)에 어리고 서리니 해산성월(海山星月)이 또다시 나그네의 한 풍치이겠다. 오조건(吳兆騫)의 『추가집(秋笳集)』에도 "酒盡高麗雙翠罌 고려의 쌍취앵에 담긴 술을 다 마셨다" 운운의 시가 있는데, 그 전련(全聯)을 지금 알 수 없지만 벽호(碧壺)·표자(縹蔈), 즉 청자(靑瓷)의 풍치있는 정경을 채송년의 저 시와 같이 짭짤히 읊어낸 것은 드문 듯하다. 다만, 채송년의 저 시가 "高麗館中吟 고려관 안에서 읊으며"이라 하였을 뿐으로, 고려청자를 꼭 읊은 것인지 어쩐지는 의문이다.

채송년은 원래 송(宋)나라 휘종(徽宗) 때 사람으로 그 부(父)를 쫓아 연산부(燕山府)에 있다가 연산부가 금(金)나라에게 약탈된 뒤 금조(金朝)에 치사(致 仕)하여 정륭(正隆) 4년〔고려 의종(毅宗) 13년〕 향년(享年) 오십삼으로 우승상(右承相)으로 죽은 사람이다. 그가 고려에 내사(來使)한 사실이 역사에 드러나 지 아니하고, 고려관중음(高麗館中吟)이란 것도 어느 해안선에 있던 역관(驛 館)에서의 음영(吟詠)같이 되어 있지만, 꼭 그 지점을 알 수 없다. 그러나 『해동역사』의 저자가 이 시구를 끌어 오기는, 그 고려관(高麗館)이 반드시 고려 영역 내에 있었던 것으로 생각하고 고려의 물정(物情)을 보이는 시구로 생각 한 까닭에 채록(採錄)한 것으로 생각된다. 채송년이 고려에 내사(來使)한 사실이 있는가 없는가, 고려관이란 저와 같이 반드시 고려 영역 내에 있던 어느 역관이었던가 아닌가, 이 두 가지는 고증(考證)을 필요로 하는 것이지만〔또 하나 채송년의 가상시(假想詩)라고도 할 수 있을 법하지만, 시격(詩格)을 보면 가상시라고는 하기 어려울 듯 하니 이것은 문제되지 아니한다〕, 아직 『해동역사』의 편저자의 의견을 좇아 해석한다면 이 두

수는 곧 고려청자의 시적 정경을 가장 아름답게 표현한 시라 하겠다. 다시 말하노니, 그 얼마나 깨끗한 표현이며, 고물고물한 표현이며, 멋있는 표현이냐. 청자를 우중작주(雨中酌酒)에 끌어 온 품(品)이, 게다가 산나물, 물생선, 싱싱한 봄날 남새요, 밤들어 비 개이자 별과 달이 해산(海山)에 비쳐 올 때 일진청풍(一陣淸風)과 함께 봄단장 산뜻한 미인이 표자(縹鬐)와 어울려 드니 실로 얄미울 만큼 째고 짼 시 이다. 물론 채송년은 오격(吳激)과 함께 악부(樂府)의 선공(善工)으로 유명한 사람이었다. 그의 이만한 시품(詩品)은 보통일는지 모르지만 청자의 진경(眞景)을 읊어 이만큼 예술적으로 된 것을 필자는 모른다. 무척 시각적인 시이나, 그러나 화제(畵題)로 쓴다면 도리어 해설적인 데 떨어지기 쉬운, 말하자 면 시만이 읊어낼 수 있는 절경(絶景)인가 한다. 고려청자는 이 시로 말미암아 비로소 그 지음(知音)을 얻은 듯하다.

고려청자와(高麗青瓷瓦)

우리 박물관의 보물 자랑

고려시대 미술공예품으로 도자공예(陶磁工藝)가 그 수로 도 그 질로도 세계적으로 유명한 것은 두말할 필요가 없 는데, 그 유명한 고려도자가 함집(咸集)된 것이 이 개성 박물관(開城博物館)의 특색이며, 그 중에도 역사상 가장 유명한 고려청자와(高麗青瓷瓦)와 화금청자(畫金青瓷)를 이곳에서 볼 수 있는 것은 자랑거리의 하나라 하겠다.

고려청자와는 지금으로부터 칠백팔십오 년 전, 즉 의종 (毅宗) 11년에 왕이 영의(榮儀)라는 술복자(術卜者)의 건 의에 의하여 왕업(王業)을 연기코자 대궐 옆에 있던 왕 제(王弟) 익양후(翼陽候) 호(皓)의 사제(私第)를 빼앗아 수덕궁(壽德宮)이라는 익궐(翼闕)을 세우고, 다시 부근 민가(民家) 오십여 구(區)를 헐어 치워 태평정(太平亭)이 라는 일대 원유(苑囿)를 만들어 갖은 사치를 다할 때,

그 원유 안에 있던 양이정(養怡亭)이란 데 비로소 청자와를 올린 것이다.

동양에서 개와(蓋瓦)에 유채(釉彩)를 베푼 것을 사용키는 서역문화(西域文化)가 다분히 혼입(混入)된 한무(漢武) 이후인 듯하다. 남채(藍彩)·녹채(綠彩)·황채(黃彩) 등 여러 채유와(彩釉瓦)가 있을뿐더러 추벽(甃甓)에까지 사용되었던 것이니, 신라통일 초의 사천왕사지(四天王寺址)에서 발견되는 남록계(藍綠系) 추벽은 그 일례이다. 그러나 이것들은 모두 서역 계통의 조달유(曹達釉) 또는 연유(鉛釉)에 의한 것들로 귀한 것이 아님이 아니나, 그러나 동양 독특의 철 염(鐵鹽)에 의한 청자유(靑瓷釉)들은 아니다. 이미 세상이 다 아는 바와 같이 청자는 동양 독특의 산물이요 또 가장 귀중가고(貴重價高)의 것으로 유명한 것인데, 의종이 이러한 청자유로써 개와를 만들어 덮은 것은 세계사상(世界 史上)에서 오직 의종만이 능히 해 본 장난으로 사상(史上)에 유명한 것인데, 그 역사적 사실을 명증(明證)하고 있는 것이 곧 이 박물관 진열의 청자와이다. 이로써 귀중한 것이라 하겠으며, 다음에 유

명한 것은 화금청자(畵金靑瓷)이니 『고려사(高麗史)』 조
인규(趙仁規) 열전(列傳)에

仁規嘗獻畵金磁器 世祖問曰 畵金欲其固邪 對曰 但施彩耳
曰 其金可復用邪 對曰 磁器易破 金亦隨毀 寧可復用 世祖
善其對命 自今磁器毋畵金勿進獻 조인규가 금칠로 그림을
그린 도자기를 임금께 바친 일이 있었는데, 세조가 묻
기를, "금으로 그림을 그리는 것은 도자기가 견고해지라
고 하는 것이냐"라고 했다. 조인규가 대답하기를, "다만
채색을 베풀려는 것뿐입니다"라고 했다. 또 묻기를, "그
금을 다시 쓸 수가 있느냐"라고 하자, "자기란 쉽게 깨
지는 것이므로 금도 역시 그에 따라 파괴됩니다. 어찌
다시 쓸 수가 있겠습니까?"라고 대답했다. 세조가 그의
대답이 옳다고 하면서, "지금부터는 자기에 금으로 그림
을 그리지 말고 바치지도 말라"고 했다.

이라 있어, 고려조(高麗朝)와 원조(元朝)와의 교역물로서
큰 역할을 하던 것이 청자기(靑瓷器) 중에서도 이 화금
청자기(畵金靑瓷器)였었다. 일찍이 이 현물(現物)이 발견

되기까지는 학계에 여러 가지 추측설(推測說)이 있었으나, 이 현물이 발견된 후 유사품이 속속 천명되고, 겸하여 자기공예사상(陶磁工藝史上) 여러 가지 재미있는 문제가 많이 발천(發闡)되었다. 이로써 개성박물관의 보패(寶佩)의 하나라 하겠다.

금강산(金剛山)의 야계(野鷄)

소동(消冬)이라는 말은 없어도 소하(消夏)라는 말은 있다. 소동이라는 말이 없는 대신에 월동(越冬)이 라는 말은 있으나 월동과 소하라는 두 개념 사이에는 넘지 못할 상극(相剋)되는 두 내용이 있다. 월동이라 하면 그 추운 겨울날을 어떻게 먹고 어떻게 입고서 살아 넘길까 하는 궁상(窮狀)이 틀어박혀 있고, 소하라는 말에는 먹을 것 입을 것 다 걱정 없이 한여름을 어떻게 시원하게 놀고 지낼까 하는 유한상(有閑相)이 서려 있다. 어원적(語源的)으로 이 두 개념 속에 다른 의미가 있을는지 모르나, 적어도 우리의 생활에서 해석되는 내용은 이러한 것이다.

월동과 소하 간에는 이 외에 인습적(因襲的)으로 틀에 박힌 원시적(原始的) 경제관념의 해석이 있는 듯하다. 즉 춘생하실추수동장(春生夏實秋收冬藏)이라는 공식적 관념이 그다. 이 중에 동장(冬藏)만은 제 것이 없으면 할 수 없는 것. 따라서 월동이란 것이 위에 말한 바와 같이 궁상맞은 것인 줄은 다 아는 모양이다. 그러나 하실(夏實)만은 아직도 탐탁하게 생각지 않은 모양이어 서, 여름이 오면 소하놀이를 하면서도 월동에서와 같이 생활의 궁박(窮迫)을 느끼지 않는 모양이다. 하실이라 하여도 먹을 것이 거저 생기는 것이 아니요, 입을 것이 거저 생길 것이 아니다. 안 먹고 안 입고 살지 못할 것도 사실이다. 그래도 산에나 들에나 맺히고 열리는 실과(實果)나 채소(菜蔬)가 겨울에는 볼 수 없는 일이요, 널리고 깔린 것이 그것들이니까 모두가 제 것같이 생각되고, 비록 제 것이 아니로되 한두 개 집어먹어도 괜찮은 것으로 아는 모양이다. 그러기에 있는 사람이나 없는 사람이나 먹을 것, 입을 것을 다 격 차려 쌓아 둔 듯이 걱정하는 소리는 없고, 너도나도 '소하, 소하' 한다.

그러나 깔리고 널린 오이 하나나 참외 하나라도 집어 보아라. 그렇게 쉽사리 '어서 가져갑쇼.' 하고 가만히 있을 자는 고사하고, 이 편에서 병신 될 각오를 하고 나서기 전엔 껍질 하나라도 얻어 보지 못할 것이니, 그러기에 소동파(蘇東坡)가 "物各有主 苟非吾之所有 雖一毫而莫取 사물에는 각기 주인이 있으니 진실로 나의 소유가 아니면 비록 터럭 하나일지라도 취하지 말라"고 하지 않았는가.

그러나 이것도 요컨대 한 개의 반어(反語)이다. 너는 너대로 네 것으로 살지 남의 것일랑 달라지, 말라는 소리다. 이렇게 보면, 소동파도 무던히 약은 사람이다. 우리같이 여름이건 겨울이건 아침 여덟시 아홉시부터 저녁 다섯시 여섯시까지 매달려 벌어야 그날 살 수 있는 사람에게는 소하(消夏)이고 월동(越冬)이고 그것이 그것이다. 소하라야 여름내 사무실에 붙어 있는 것이 소하요, 월동이라야 겨우내 사무실에 붙어 있는 것이 월동이다. 덥다고 산으로 바다로 더위를 도피할 팔자도 못 되고, 춥다고 온천으로 들어갈 신세도 못 된다. 이러고 보니 바다에서 이 소하의 기화진담(奇話珍談)이 있을 리 없다.

어느 물 건너 무사(武士)들은 여름에는 사람을 밀폐된

방에 모아 놓고 솜옷을 뜨뜻이 입고 이글이글 피는 화
로를 수십 좌(座) 들여놓고 펄펄 끓는 음식을 먹는 것으
로 소하법(消夏法)을 삼고, 겨울에는 얼음장 방에 벌거
벗고 앉아서 부채질을 하여 가며 얼음을 먹는 것으로
월동법(越冬法)을 삼았다 한다.

이것은 물론 심신단련(心身鍛鍊)을 위한 것이겠지만, 적
어도 '소하, 소하' 하는 사람에게는 일종의 우화(寓話)같
이도 들릴 것이다.

그러나 우리의 생활이 아무리 사무실 속에서 얽매인 생
활이라 하여도 산에 나 바다를 영영 가 보지 못하고 마
는 것은 아니다. 산에를 가도 일을 가지고 가고, 바다를
가도 일을 가지고 간다. 소하를 위하여 가는 것도 아니
요, 기화 진담을 들으러 가는 것도 아니다.

그러나 일을 가지고 다니는 우리에게도 왕왕이 기적이
현출(現出)된다. 그것은 이삼년 전에 금강산(金剛山)을
갔을 적 일이다. 장안사(長安寺)에서 곧 마하연(摩訶衍)

까지 치달아 올라가 그곳 여관에서 자게 되었다. 지금은 어떤지 몰라도 그때에는 조선인의 경영이 아니었다. 때는 장마 전이었으나 산속이라 그러한지 오후부터 안개가 자욱하더니 빗방울이 듣기 시작하였고 날은 매우 추웠다. 여관에 들며 행장(行裝)을 풀기도 전에 불을 때라 하고 마루로 올라서니 통나무 널이 제멋대로 덜컹거린다. 방이라고 들어서니, 널찍하고 정하기는 하나 연기가 자욱하여 들어앉을 수가 없다. 게다가 석유등잔의 기름내가 사람을 꽤 못살게 한다. 이만 못한 생활도 못한바 아니나, 그래도 도회(都會)서 전등 밑에 좀 살았다고 상(常)말에 올챙이 생각은 아니 하고 호강스러운 마음만 들어 괴롭기 짝이 없다.

그럭저럭 저녁때가 되니까 여급(女給)이 둘이나 들어와서 시중을 든다. 원래 여급이 둘밖에 없다 하고, 더욱이 손이라고는 그때의 우리 일행인 두 사람밖에 없었으니까 총출동격(總出動格)이 된 모양이다. 하나는 무엇을 그리 먹고 살이 쪘는지 나이는 서른 전후인 듯 하나, 역사(力士) 이상의 체격이었고, 하나는 꽤 못 얻어먹고 늙은 듯하여 시든 외같이 생긴 마흔 전후의 여자였다. 그 래도 그것이나마 여자라고 저억이 여정(旅情)의 위로 —참말로 위로가 되었는지는 의문이지만은—되는 듯도 하였다. 뿐만 아니라 상놈이 양반 사람의 시 중을 받으니 더욱이 영광(?)스러운 일 중의 하나도 되는 듯하였다.

저녁이 끝나자, 처음부터 그랬지만, 동행이 실없는 농담을 함부로 벌어놓으니까 절구통 같은 여사는 사러 간나고 가고, 명태같이 마른 여급이 좋아라고 수작이 늘어난다. 수작이 웬만큼 어우러져 가니까, 한방에서 같이 자야 할 동행이 마침 내 자리를 다른 방으로 펴라 하고, 그 여급과 옮기고 말았다.

나는 '에이 시원하게 잘되었다' 하고 자리에 누우니, 자려야 잘 수가 없었다.

이때까지 농담 수작 떠드는 바람에 모르고 있었으나, 바람 부는 소리, 나무 우는 소리는 집을 뒤흔들고 마루청이 들먹거리고 문창지가 요란하다. 바위를 치고 쏟아져 내려가는 물소리는 처음부터 베개 밑에서 나는 것 같더니, 조금 있다가는 자리 밑에서까지 나는 것 같고, 우렛소리 번갯불이 뒤섞여서 위협을 한다. 이 소리가 잠깐 잔듯하면 옆방에서 이상스러운 소리가 들리는 것 같다. 무섭고 휘언하고 쓸쓸하고 섭섭하고, 도무지 여러 감정이 뒤섞여 신경 이 무던히 과민해졌다. 자리에 누워만 있지도 못하고 일어섰다 앉았다 하니, 가끔 철없는 아이 모양으로 집 생각까지 나게 된다. 이러 그러 억지 억지 잠이 어렴풋이 들락말락하니까 장작 패는 소리, 머슴 떠드는 소리에 날은 밝고 말았다.

날은 밝아도 비는 여전히 들지 않았다. 가는 비, 보슬비, 소낙비 제멋대로 섞여 온다. 아침때가 되니까 자리를 옮겼던 아담과 이브가 다시 몰려 왔다.

아담은 눈이 패고 허리를 못 쓰고 기운을 못 쓸 만큼 쇠약해진 모양이나, 이브는 어투가 만족을 못 느낀 모양이다. 비는 오고 날은 추우니까 이불을 펴 놓은 대로 추태 부려 가며 여전히 농거리가 흩어진다. 이브는 넓

적다리, 젖통이 함부로 들락날락하고, 뒹굴며 뒤적거리며 에로를 성(盛)히 발산한다. 이 이브를 시든 오이 같다고 형용하였지마는 아직도 로댕(A. Rodin)이 만든 〈창부(娼婦)였던 여자〉의 상(相)은 아니었다. 그렇다고 내가 무슨 그를 옹호할 만큼 뇌쇄(腦殺)될 매력을 느낀 것은 아니다. 오히려 그도 과거에는 창부였다 하지만, 로댕과 같이 예술적 가치조차 찾아낼 만한 존재가 못 되었다는 뜻이다. 이러한 이브가 선날 밤의 비흡을 나에게서 얻으려고 하였다. 비가 오니 못 갈 것이라는 둥, 하루 더 쉬었다 가라는 둥, 부인이 딱장대냐는 둥, 별별 소리가 다 나온다.

이야기를 하다가 생각되는 것이 있다. 그것은 전년의 청도(靑島) 해수욕장에 들렀을 적에 수정보(數町步)나 되는 사장(沙場)에서 참말로 뇌쇄당한 일이다.

이 해수욕장은 동양에서 좀 과장된 형용사이나 제일가는 곳이라 하는 만큼 화려하고 번화하였다. 사장 어귀에는 중화군(中華軍)인지 수비대(守備隊)인지 출장소 같은 곳도 있고, 몸에 안 맞는 푸른 군복을 입은 군인이 창검(槍劍)을 번쩍거리며 있고, 사장 끝에 도출된 갓곳이에는 왕년의 호위(虎威)를 보이던 독일군의 포대(砲臺)가 황폐된 채로 위용을 보이고 있다. 우거진 수풀 사이마 다 호텔·별장 등 커다란 붉은 지붕의 양옥(洋屋)이 흩어져 있고, 사장을 끼고 뻗친 탄탄한 대로(大路)에는 티끌 하나 내지 않고 자동차가 내왕하였다. 안온(安穩)히 욱어든 앞섬은 황해(黃海)의 위용(偉容)을 끌어안고, 남청색 수파(水波)는 발밑까지 잔잔하였다. 그곳에 모인 군상(群像)은 수만이라 하면 백발삼천장식(白髮三千丈式)의 한 형용(形容)이지만, 적어도 수천은 되었다. 그리고 조선 양반이란 나 하나, 중국인으로는 전에 말한 군인 몇 사람 외에는 인력거꾼과 레스토랑의 보이들뿐이요, 가끔 모던보이 같은 것이 섞여 있으나 역시 구경꾼에 지나지 않았고, 군중의 전부가 색다른 양종(洋種)들뿐이었다. 거의가 양키들 같으나 국별(國別)을 구분할 수 없었다. 그리고 어쩐지 나의 눈에는 남자보다도 여자가 더 많은 것같이 눈에 띄었다. 그들은 물속에서, 모래밭에서, 천막 속에서, 일산(日傘) 밑에서 하체만 가린 듯만 듯한 순나체(純裸體)에 가까운 육체를 아낌없이 데뷔하고 있다. 게다가 그 능글맞게도 충실한 곡선을 흐느적거리며 폭양(曝陽)의 세례를 받고 있다. 어떤 것들은 남녀가 짝을 겨누어 모래밭에서 실연(實演)에 가까운 모션까지 연출하고 있다. 나이가 지긋한 것이나 핏덩이가 마르지도 않은 것이나 차(差)가 없었다. 나는 생 전 처음 이러한 광경을 원관(遠觀)하고 설완(褻翫)도 하였으나 호기심보다도 오히려 그것을 지나쳐 뇌쇄의 정도가 컸다. 대체 내가 현대의 사람이고 저 사람들이 과거의 사람인가, 내가 과거의 사람이고 저 사람들이 현대의 사람인가, 또는 내가 현대의 사람이고 저 사람들이 미래의 사람들인가, 내가 미래의 사람이고 저 사람들이 현대의 사람들인가. 완고(頑固)한 것을, 상말에 십팔 세기 유물이라 하지만, 이때의 나는 십팔 세기커녕 십삼사 세기 교부시대(敎父時代)의 사람같이도 생각이 들었다.

이때에 나는 뇌쇄를 무던히 당하여 가면서도 남이 보면 연연(戀戀)해서 못 떠난다고 할 만큼 관광하고 있었으나, 이날 금강산에서 당하는 일은 구체적으로 나에게

현실된 문제이다. 소위 추파(秋波)라는 것을 지나친 그 상사(想 思), 뱀 같은 안광(眼光), 외람(猥濫)한 언사(言辭), 과음(過淫)된 행동, 나는 진저리를 치고 몸이 떨렸다. 이때껏 수절(守節)한 동정(童貞)을 네게 빼앗겼으랴, 집에는 사랑하는 사람이 기다리고 있다. 게다가 이 몸은 장차 오십삼불(五十三佛)을 배관(拜觀)하고, 도쿄(東京)·교토(京都) 등의 대학에서까지 와서 촬영하려다가 못 하고 간 그 오십삼불을 일일이 촬영하러 가는 나다. 석가(釋迦)를 본받아 설산(雪山)의 여마(女魔)를 극복할 용기는 없다 하더라도, 불벌(佛罰)이 무섭도다. 더욱이 이번 여행에는 안 될 걸 하러 간다고 총독부박물관장(總督府博物館長)까지 빈정대고 말리는 것을 장담하고 나선 내가, 만일 오십삼불을 일일이 촬영하지 못하고 돌아가는 날에는 조소(嘲笑)만이 나를 환영할 것이요, 체면은 보잘것없이 사라지는 날이요, 장래의 신망(信望)까지 없어지는 날이다.

나는 뿌리치고 일어나서 행낭을 둘러메고 미련이 남은 듯한 동행을 독촉하여 비를 맞으며 나섰다. 이리하여 나의 목적인 유점사(楡岾寺)의 오십삼불의 촬영은 완전히 성공하였다. 이것이 지금 경성대학(京城大學)에 남아 있는, 현 재 가장 완전히 잔존된 오십삼불의 유일한 원판(原板)이다. 이때의 일을 생각 하니, 당시에 소개장을 써 주신 이혼성(李混惺)씨와, 곤란을 무릅쓰고 편의를 도와주신 김재원(金載元)씨 및 제씨(諸氏)에 대한 감사한 마음이 다시금 난다.

남창일속(南窓一束)

앞산에 우거진 숲 사이로 저녁 넘는 햇발이 붉게 쌓입니다. 떼 지은 까마귀는 이리로 몰리고 저리로 몰리어 산에서 소리만 요란히 냅니다. 가을날도 저 물려 합니다. 앞에 보이는 시냇물은 심사만 내어 애매한 바위를 못살게 굴며 쏟아져 흘러갑니다. 듬성드뭇한 촌가(村家)에서는 차디찬 연기가 곱게 흐릅니다.

오늘도 다 저문 때 노(盧) 포수는 빈 몸으로 터벅터벅 들어옵니다. 감발을 잔득하고 나갔던 몰이꾼들도 사지(四肢)가 흐느적하도록 취하여 들어옵니다. 노 포수는 "예미붓흘…… 오늘째 꼭 한 달일세…… 첫날부터 어째……" 하고 한 달 전에 예 오던 때 들떠 구경(求景)한 탓을 또 하고 있습니다. 밥상이 들어와도 안 먹고 몰이꾼에게 돌려보내고서는 자기는 모주만 먹었습니다. 제아무리 장사 여도 주린 속에 술만 마셨으니, 혀가 돌리 만무합니다.

밤이 늦도록 오늘 실패한 사냥 이야기를 공 굴리듯 꼬
부라진 혀로 한참 굴리다가 몰이꾼은 흩어져 갔습니다.

포수는 허리 아프다는 소리를 몇 번씩 하면서 실패한
원소(怨訴)를 예미붓흘 소리에 붙여서 섞어 버무려 가며
자리에 누웠습니다. 그의 잠든 것은 고고는 소리와 잠
꼬대로 알 수가 있었습니다.

이튿날도 몰이꾼들은 일찍 왔습니다.

"선단님, 어서 가십시다……." 하고 두꺼비 같은 발로
방바닥을 밟습니다. 포수는 잠적은 늙은이라, 깨기는 일
찍 하였으나 일어나기가 싫어 이때껏 누워있 다가 여러
사람 소리에 일어났습니다. 행길가 시골 방문은 아침
햇발을 잔뜩 받아 어른거립니다.

아침 먹고 날 때에 시계가 있었다면 열 시가 넘은 것을

알 것을…….

해장만 하고 난 포수는 "알이 없어……. 이제야 할
걸……." 하고 몰이꾼에게 둔 한 소리로 말합니다. 몰이
꾼은 퍼덕거리고 앉아 이야기만 이죽거리고 있습니다.
나는 길가로 나아가 동서남북의 표(標)를 십자(十字)로
그어 중앙에 막대를 꽂아 놓고 시간을 보았습니다.

서울로 치면, 기적(汽笛) 소리가 들릴 때쯤 하여 사냥꾼
일동은 준비나 잘 하였는지 오늘은 새삼스러이 앞산으
로 갑니다.

나는 물끄러미 그들을 바라보며 길가 마루 끝에 앉았습
니다. 내 머릿속에서는 밥값의 계산서만 떠돕니다. 얼마
아니 되어 콩 튀는 듯한 총소리가 적막한 산천을 울리
더니, 노루 한 마리가 숲속에서 뛰어나와 쏜살같이 인
가(人家)로 향하여 닫더니, 중간 길에서 방향을 바꿔 서
편으로 전광(電光)같이 뛰어 닫습니다. 뻣뻣한 다리로
껑둥껑둥 뛰는 그 노루로부터는 공포에 관한 전율을,

생에 관한 집착을 확실히 볼 수가 있었습니다.

"이 약을 먹으면 뛰는 노루도 잡는다."고 약 먹일 적에
어른들의 달래시던 소리를 들은 지 오 년, 십 년…….
오늘에야 처음으로 노루뜀을 보았습니다.

산은 다시 적막합니다. 몰이꾼의 소리도 영영 아니 들
립니다. 물소리만 맑게 들립니다. 징(場)에서 돌아오는
농군들은 떠들썩합니다. 나뭇잎만 곱게 흩어져 떠나갑
니다. 모연(暮煙)은 입니다. 해는 넘습니다. 안개가 시냇
가에서 돌기 시작합니다. 그러나 포수의 일단(一團)은
올 때가 지났습니다. 노루 피는 사냥 온지 한 달에 한
번 먹어 보았습니다. 나는 또다시 밥값을 계산했습니다.

만근(輓近)의 골동수집(骨董蒐集)

천하를 기유(覬覦)하던 초장왕(楚莊王)이 주실(周室)의
전세보정(傳世寶鼎)의 경중(輕重)을 물었다 하여 "문정지
경중(問鼎之輕重)"이라는 한 개의 술어(術 語)가 정권혁
계(政權革繼)의 야심에 대한 숙어(熟語)로 사용케 되었다
하는데, 이 고사(故事)를 이렇게 해석하지 말고 관점을
고쳐서, 초장왕이 일찍부터 골동벽(骨董癖)이 있던 이로,
보정(寶鼎)이 탐이 나서 보정을 얻기 위하여, 또는 될
수 있으면 훔쳐만 내오려고 경중을 물었으나 훔쳐만 내
오기에는 너무 무거웠던 까닭에, 조그만큼 보정만 훔치
려던 것이 변하여 크게 천하를 뺏으려는 마음으로 되었
는지도 알 수 없는 일이다. 이렇게 보면, 애오라지 보정
하 나를 귀히 여기다가 군도(群盜)가 봉기하는 춘추전국
(春秋戰國)의 시대를 현출(現出)시킨 주실(周室)의 골동벽
도 상당한 것이라 할 만하다.

노자(老子)가 "不貴難得之貨하여 使民不爲盜라 얻기 어려운 재보(財寶)를 귀중히 여기지 않으면, 백성들은 도둑질하는 일이 없을 것이다."고 경구(警句)를 발(發)하게 된 것도 주실의 이러한 골동벽이 밉살스러워서 시정(時政)을 감히 노골적으로 비난할 수 없으니까 비꼬아 말한 것인지도 알 수 없는 일이다. 근자에 장중 정(蔣中正)이 골동을 영국엔가 전질(典質)하고서 수백만 원의 자금(借金)으로 정권의 신로(新路)를 개척하련다는 소식이 떠돈 지도 오래였다.

골동이라면 일본에서는 '가라쿠타(雅樂多)'라 번역하고 조선에서는 어른의 장난감으로 아는 모양인데, 장난감으로 말미암아 사직(社稷)이 좌우되고 정권(政權)이 오락가락한다면 장난감도 수월한 장난감이 아니요, 특히 상술한 바와 같이 상하 사오천 재(載)를 두고 골동열(骨董熱)이 변치 않고 뇌고(牢固)히 유행되고 있다면 그곳에 무슨 필연적 이설(理說)이 있어야 할 것 같지만, 필자를 골동의 하나로 취급하려 드는 편집자로부터 골동설(骨董說)의 과제를 받기까지 생각도 없이 지났다면 우활(迂

闊)도 적지 않은 우활이다.

하여간 초장왕·장중정의 영향만도 아니겠지만, 조선에도 근자에 골동열이 상당히 올라서 도처에 이야깃거리가 생기는 모양이다. 한번은 경북 선산(善山)서 자동차를 타려고 그 정류장인 모 일본인 상점에서 시간을 기다리고 있다가, 그 집 주인과 말이 어우러져 내 눈치를 보아 가며 하나 둘 끌어내어 보이는데, 모두 고신라(古新羅)의 부장품(副葬品)들로 옥류(玉類)·마형대구(馬 形帶鉤)·금은장식품(金銀裝飾品), 기타 수월치 않은 물건이 족히 있었다. 묻지 않은 말에 조선 농민이 얻어 온 것을 사서 모은 것이라 변명을 하지만, 눈치가 자작(自作) 도굴(盜掘)까지는 아니한다 하더라도 사주(使嗾)는 시켜 모을 듯한 자이었다. 그자의 말이, 선산의 고분(古墳)은 구로이타 가쓰미(黑板勝美) 박사가 도굴을 사주시킨 것이라는 것이다. 어느 날 구로이타 박사가 선산에 와서 고분을 발굴한 것이 기연(起緣)이 되어 가지고 고물열(古物熱)이 늘어 도굴이 성행케 되었다는 것이니, 일견 춘추필법(春秋筆法)에 근사한 논리이나 죄상(罪狀)의 전가(轉嫁)가 가증스럽기도 하였다.

조선에서의 고분 도굴은 이미 삼국(三國) 말기에 있었으니, 오늘날 고구려, 백제대의 고분이 하나도 성하지 못한 것은 나당연합군(羅唐聯合軍)의 유린의 결과로 추측되고, 고분의 도굴이란 것은 중국 민병(民兵)의 전위(專爲) 특색같이 말하나 『고려사(高麗史)』를 보면, 익산(益山) 무강왕릉(武康王陵)의 도굴이 라든지 무릉(武陵)·순릉(純陵)·후릉(厚陵)·예릉(睿陵)·고릉(高陵) 등 기타 제릉(諸 陵)의 피해가 고려인의 손으로, 또는 몽고·왜구 등으로 말미암아 적지 않게 도굴되었다. 근자에는 개성(開城)·해주(海州)·강화(江華) 등지의 고려 고분이 여지없이 파멸되었으니, 옛적에는 오직 금은(金銀)만 훔치려는 도굴이었으나 일청전쟁(日淸戰爭) 이 후로부터는 도자기(陶磁器)의 골동열에 눈뜨기 시작하여, 요즘 오륙 년 동안은 전산(全山)이 벌집같이 파헤쳐졌다.

봉분(封墳)의 형태가 조금이라도 남은 것은 벌써 초기에 다 파먹은 것이요, 지금은 평토(平土)가 되어 보통 사람은 그것을 분묘(墳墓)인지 무엇인지 분간 치 못할 만한 것까지 '사도(斯道)의 전문가'(?)는 놓치지 않고 잡아낸 다 한다.

그들에게 무슨 식자(識字)가 있어서 그런 것이 아니요, 철장(鐵杖) 하나 부삽 하나면 편답천하(遍踏天下)가 아니라 편답분롱(遍踏墳壟)을 하게 되는데, 철장은 의사의 청진기 같은 역할을 하는 것이요, 부삽은 수술도(手術刀) 같은 역 할을 하는 것인데, 철장으로 평지라도 찔러 보면 장중(掌中)에 향응(響應)되는 촉감만으로도 그 속의 광실(壙室)의 유무는 물론이거니와 기명(器皿)의 유무, 종류, 기타 내용을 역력세세(歷歷細細)히 알 수 있다 하며, 심한 자는 남총(男塚)인지 여총(女塚)인지 노년총(老年塚)인지 장년총(壯年塚)인지 소년총(少年塚)인지까지 알게 된다 하니, 듣기에는 입신(入神)의 묘기(抄技) 같기도 하나 예까지는 눈썹을 뽑아 가며 들어야 할 것이다. 하여튼 청진(聽診)의 결과 할개(割開)의 요(要)가 있다고 인정되는 때는 부삽으로 흙만 긁어내면 보물은 벌써 장중에서 놀게 되고, 요행히 몇 날 좋은 물건이라면 최저

기십 원으로부터 기백 원, 기천 원까지는 자본 안 들이고 낭탁(囊橐)하게 되니 이렇게 수월 한 장사도 없을 것이다. 그러나 가엾게도 조선의 '슐리만'들은 발굴에 계획이 없을뿐더러 발굴품(發掘品)의 처분에도 난잡한 흠이 적지 않다.

우선 그것이 정당한 발굴이 아니요 도굴인 만큼 속히 처분해야겠다는 겁념(怯念)도 있고, 속히 제선(替錢)하려는 욕심도 있어, 돈 될 만한 것은 금시에 처분하되 그렇지 않은 것은 파괴유기(破壞遺棄)하여 후에 문제될 만한 증거품을 인멸(湮滅)시킨다. 혹 동철기(銅鐵器) 같은 것은 금이나 은이나 아닐까 하여 갈아 보고, 금은으로 만든 것은 금은상점(金銀商店)으로 가서 금은 값으로 처분하고 마는 모양이다. 도자(陶磁) 같은 것은 정통적인 것만 돈 될 줄 알고, 학술상으로 보아 가치가 있다든지 골동적(骨董的)으로 특히 재미있을 것 같은 것은 모르고 파기하는 수가 많다.

이리하여 귀중한 자료가 소실되는 반면에 갓 나온 고물

도굴상(古物盜掘商) 중에는 몹쓸 물건까지도 고물이면 귀중한 것인 줄 알고 터무니없는 호가(呼價)를 하는 우(愚)도 적지 않다. 이러한 사람들 손에 발굴되는 유물이야 어찌 가엾지 아니하랴마는, 덕택에 과거 삼사십 년까지도 고분에서 나온 것이라면 귀신이 붙는다 하여 집안에 들이기커녕 돌보지도 않던 이 땅의 미신가(迷信家)들이 자기네 신주(神主) 이상으로 애지중지하게 된 것은 무엇보다 치사(致 謝)할 노릇이요, 이곳에 예술신(藝術神)의 은총보다도 골동으로 말미암아 생겨나는 재화(財貨)의 위세를 한층 더 거룩히 쳐다보지 아니 할 수 없다.

이 점에서만도 마르크스(K. Marx)를 기다리지 않고라도 "경제가 사상을 지배한다"는 진리를 발견할 수 있다. 더욱 골동에 대하여는 완전한 문외한이었던 사람들도 한번 그 매매(賣買)에 간섭되어 맛들이기만 하면 골동에 대한 탐닉이 기하급수적으로 늘게 된다. 이런 기맥(氣脈)에 눈치 빠른 브로커는 이러한 기세를 악용하여 발호(跋扈)하게 된다. 근일 경성(京城)에는 불상(佛像)· 고

동철기(古銅鐵器)들이 많이 도는 모양인데, 조금 주의해 보면 1930년대를 넘었을 고물(古物)이 없다. 기물(器物)의 형(形)이라든지 양식으로써 식별하라 면 이것은 요구하는 편이 무리일는지 모르지만, 동철(銅鐵)의 색소 등으로 분간한다면 웬만한 상식만 있으면 될 만한 것을 번번이 속는다.

우선 알기 쉬운 감별법을 들자면, 동철기에는 선세고색(傳世古色)과 토중고 색(土中古色)과 수중고색(水中古色)의 세 가지를 구별하는데, 조선의 동철기라 면 대개 토중고색이 있을 뿐이요, 전세고색이나 수중고색은 없다 하여도 가(可)하다. 전세고색이라는 것은 세전(世傳)하여 사용하는 가운데 자연히 생겨 난 고색이니, 속칭 '오동색(烏銅色)'이라는 색소에 근사(近似)하여 불구류(佛具類)에서 다소 볼 수 있을 뿐이요, 토중고색이라는 것은 토중(土中)에서 생긴 고색인데, 심청색(深靑色)을 띤 것이 보통인데 위조하는 것들은 흔히 후자 토중고색의 수창(銹鏽)이 많으나, 그러나 단시일간에 창색(鏽色)을 내느라고 유산(硫酸) 같은 것을 뿌린다든지 오줌독에 담가 둔다든지 시궁창에 묻어 둔다고 하며, 대개는 소금버캐 같은 백유(白乳)가 둔탁하게 붙어있고 동철(銅鐵)의 음향도 청려(淸麗)치 못하다. 특히 불상 같은 것에는 순금은(純金銀)으로 조성 된 것이 지금은 절대로 없는 것으로 알고 있는 것이 가할 것이요. 동표(銅表)에 그윽이 보이는 도금의 흔적만 가지고 갈아 본다든지 깎아 본다든지 하여 모처럼 얻은 귀물(貴物)을 손상하지 말 것이며, 혹 기명(記銘)이 있는 예도 있으나 대개는 의심하고 들이덤비는 것이 가장 안전한 편이다.

특히 용모라도 좀 얌전하고 의문(衣文)도 명랑히 되었거든 오사카(大反)·나라(宗良)·교토(京都) 등지의 미술학생의 조작인 줄 알 것이며, 조선서 조작된 것 중에는 진유(眞鍮) 덩어리에 마려(磨鑢)의 흔적이 임리(淋漓)한 것이 많고, 아주 남작(濫作)에 속하는 것으로는 아연으로 주조된 것이 있다. 뿐만 아니라 일반이 미술사적으로 말하더라도 지금 돌아다니는 종류의 불상들은 대개 촌척(寸尺)에 지나지 않는 소금상(小金像)들인데, 조선에서 소금상으로 미술적 가치가 있는 것은 삼국시대와 신라시대의 불상에 한하였다 하여도 가하다.

그런데 삼국시대의 불상은 원체 많지 못한 것이며, 신라시대의 불상이라도 우수한 작품은 거의 박물관에 수장되어 있어 가히 볼 만한 것은 민간에 들 게 되지 아니한다. 경성의 누구는 현재 창경원박물관(昌慶苑博物館)에 진열되어 있는 삼국기(三國期) 미륵상(彌勒像)의 모조품을 사가지고 하는 말이 "어느 날 믿을 만한 사람한테서 저것을 샀는데, 그 후 똑같은 것이 다시 나오지를 아니하는 것을 보니까 저것이 진자(眞者)임이 틀림없겠지요?" 한다. 이런 사람을 오메데타이히토(お芽出度い人)라 하는데, 백발이 성성한 자가 그런 소리를 하는 것을 보니까 한편 가엾기도 하였다. 어떤 놈이 몹시도 골려 먹었구나 하였지만, 오히려 이러한 숙맥(菽麥)의 부옹(富翁)이 있는 덕택에 없는 사람이 살게 되는지도 알 수 없다. 이러니저러니 하여도 사는 사람은 돈 있는 사람이요 파는 사람은 돈 없는 사람이니, 그 돈 있는 자가 하나님의 아들 같은 자가 아니요 현해(玄海)를 건너와서 별짓을 다하여 축적한 돈이니, 이악보악(以惡報惡)으로 그런 자의 욕안(慾眼)을 속여서 구복(口腹)을 채우기로 유태인(猶太人) 배척하듯 그리 미워할 것도 없다. 이러한 것은 오히려 나은 편이요, 개성 지방에 도자기열(陶磁器熱)로 말미암아 위조기매(僞造欺賣)도 그럴 듯하게 연극이 꾸며진다.

어스름한 저녁 때, 농군(農軍)같이 생긴 자가 망태에 무엇을 지고 누구에게 쫓겨 드는 듯이 들어와 주인을 찾으면 누구나 묻지 않아도 고기(古器)를 도굴하여 팔러 온 자로 직각(直覺)하게 된다. 궐자(厥者)가 주인을 찾아서 가장 은근한 태도로 신문지(新聞紙)에 아무렇게나 꾸린 물건을 꺼내 보이니 갈데없이 고총(古塚)에서 갓 꺼내 온 듯이 진흙이 섞인 청자(青瓷) 산예(狻猊)의 향로! 일견 시가 수천 원은 될 것인데 호가(呼價)를 물어보니 불과 사오백 원! 이미 욕심에 눈이 어두운지라 관상(觀相)을 하니까 궐자(厥者)가 꽤 어리석게 보이므로 절가(折價)하기를 오할(五割), 궐자도 그럴듯하게 승강이를 하 다가 못 이기는 체하고 이삼백 원에 팔고 달아나니 근자에 드문 횡재라고 혀를 차고 기뻐하던 것도 불과

하룻밤 사이! 밝은 날에 다시 닦고 보니 진남 포(鎭南浦) 도미타공장(富田工場)의 산물(産物)과 유사품! 가슴은 쓰리고 아프나 세상에서는 이미 골동감정(骨董鑑定) 대가(大家)로 자타가 공인하게 된 지 이구(己久)에 면목이 창피스러워 감히 발설도 못 하나 막현어은(莫顯於隱) 격으로 이런 일은 불과 수일에 세상에 짝자그르하니 호소무처(呼訴無處), 고물 이라면 진자(眞者)라도 이제는 손을 못 대겠다는 무의식중에 자백이 나오는 예(例), 이러한 것이 비일비재하게 소식 망을 통하여 들어오는 한편, 호의(好意)로 위조니 사지 말라 지시하여도 부득이 사서 좋아하는 사람, 이러한 예는 한이 없다.

심한 자는 우동집의 간장 독구리, 이쑤시개집 같은 것을 가져와서 진위(眞 僞)를 묻는다. 원래 진위는 보는 사람에게 있는 것이요 물건 자체에는 신고(新古)가 있을 뿐이다. 신고를 묻는다면 대답할 수도 있으나, 진위를 묻게 되면 문의(問意)를 제일 몰라 대답할 수 없다. 진위의 문제와 신고의 구별을 세워 물을 만하면 그러한 물건을 가지고 다니지도 아니할 것이니까, 문제 하는 편이 이것도 무리일는지 모르겠다. 그런가 하면, 물건을 꺼내어 보이지도 않고 우선 물건의 설명을 가장 아는 듯이 하고 나서 결국 꺼내어 보이는 것이 신조(新造), 그러던 사람도 이력(履歷)이 나기 시작하면 불과 사오 개월에 근 만 원을 벌었다는 소식이 도니, 알 수 없는 것은 이 골동세계의 변화이다.

이러한 소식이 한번 돌고 보면 너도나도 허욕(虛慾)에 떠도는 무리가 우후의 죽순처럼 고물(古物)! 고물! 하고 충혈이 되어 돌아다니니, 실패와 성공, 기만과 획리(獲利)는 양극삼파(兩極三巴)의 현황(眩煌)한 파문을 그리게 된다.

예술품에는 정가(定價) 없다 하지만 골동 쳐 놓고 가격을 묻는 것은 우극(愚 極)한 일이다. 일 전이고 천 원이고 흥정되는 것이 값이고 보니 취리(取利)의 묘(妙)는 오직 방매(放賣) 기술에 달렸지만, 적어도 골동을 사려는 자가 평가를 묻는다는 것은 격에 차지 않는 일이다, 요사이 신문에도 보였지만, 박물관에서 감정한 것이라 하

여 석연(石硯) 하나에 기만 원이라는 데 속아서 수 백
원을 견탈(見奪)한 자가 식자계급(識者階級)에 있다 하
니, 그 역시 제 욕심에 어두워 빼앗긴 것으로 속인 자
를 나무랄 수 없는 일이다. 박물관에서는 결코 장사치
의 물건을 감정도 해 주지 않지마는, 감정을 해 준다손
치더라도 수천, 수만 짜리를 그렇게 명문(明文) 한 쪽
없이 구설(口說)로만 증명하여 줄 리가 없다. 물건 가진
자가 제 물건 팔기 위하여 무슨 조언작설(造言作說)을
못하랴.

그것을 그대로 믿고 속아 사는 자가 가엾은 우자(愚者)
가 아니고 무엇이랴.

물건을 기매(欺賣)하는 자는 오죽한 자이랴만 그것을 속
아 대접하는 것은 요컨대 제 욕심에 제가 빠져 들어간
자작얼(自作孼)에 지나지 않는 것이니, 수원수변(誰怨誰
辯)이지, 오히려 속았거든 속히 단념체관(斷念諦觀)하는
것이 달자경역(達者境域)에 조금이라도 가까워질 것이
다. 그러므로 누구는 애당초에 물건의 유래를 따지지

않고, 신고(新古)를 가리지 않고, 물건 그 자체의 호불호(好不好)를 순전히 미적 판단에 입각하여 사는 사람이 있다. 이것이 오히려 현명한 편이다. 애오라지 유래를 찾고 신고를 가리고 하는 데서 파(波)가 생기는 법이다. 물건의 유래를 찾고 신고를 차리자면 자기 자신이 그러한 식견(識見)을 갖고 있어야 물건도 비로소 품격이 높아지는 것이요, 골동의 의의도 이곳에 비로소 살게 되는 것이다.

남의 판단과 남의 품평(品評)은 오히려 법정에 선 변호사의 역할에 지나지 않는 것이다. 자기가 항상 주석판사(主席判事)가 될 만한 식견이 없다면 골동에 손을 대지 않는 것이 옳은 일이다. 골동이라 하면 단지 서양말의 '큐리오(curio)'라든지 '셀텐하이트(Seltenheit)'라든지 '브리카브라크(bric-à-brac)'와 글자도 다를뿐더러 발음도 다르고 내용까지도 다른 것이다. 골동은 '비빔밥'이 아니요 '가라쿠타(雅樂多)'뿐이 아니다. 그러한 반면(反面)의 성질도 있기는 하나 동양에서의 골동 정의를 정당하게 내리자면 "역사와 식견과 인격을 요하는 취미

판단의 완상(玩賞) 대상이라"고 할 것이다. 그것은 역사 즉 전통을 요하는 것으로, 소위 하코가키〔箱書, 유서(由緖)〕라는 것이 중요시되는 것이며 식견을 요하는 것이므로 개인주의적 윤리성을 띠고 있는 것이다.

천리구(千里駒)도 백락(伯樂)을 기다려서 비로소 준특(駿特)해지고 용문(龍門)의 오금(梧琴)도 백아(伯牙)를 기다려 비로소 소리 나듯이, 골동도 그 사람을 만나지 못하면 가치와 의의가 발휘되지 못하는 것이다.

반면에 골동의 폐해는 또한 이러한 특성에 동존(同存)하여 있다. 전통을 중요시하므로 완고(頑固)에 흐르기 쉽고, 식견을 중요시하므로 여인동락(與人同樂)의 아량이 없고, 인격을 중요시하므로 명분에 너무 얽매이게 된다. 고만(高慢)하고 편벽(偏僻)되고 고집된 것이 골동이다. 가질 만한 사람이 아닌 곳에 물건이 있는 것을 보면 조만간 누가 찾아갈 입질물건(入質物件)을 찾지 못하고 유질(流質)된 물건으로밖에 아니 보인다. 따라서 가지고 있는 사람까지도 전당포 수전노(守錢奴)의 전주(錢主)로

밖에는 더 보이지 않는다. 요사이 이러한 전당포주가 매일같이 늘어 간다. 이곳에도 통제의 필요가 없을는지?

명산대천(名山大川)

산도 볼 탓이요, 물도 가릴 탓이라, 드러난 명산(名山)이 반드시 볼 만한 것이 아닐 것이며, 이름난 대천(大川)이 반드시 장한 것이 아닐 것이매, 하필 수고로이 여장(旅裝)을 걸머지고 감발하여 가며 사무적으로 찾아다닐 필요도 없는 것이며, 무슨 산, 무슨 바다에서 전고(典故)를 뒤적거러 가며 췌언부언(贅言復言)할 필요도 없는 것이다. 초목산간(草木山間)의 문창(門窓)을 통하여 조석(朝夕)으로 접하고 있는 무명(無名)의 둔덕도 정을 붙인다면 세상이 명산 이 아니 될 것이 없는 것이며, 문전세류(門前細流)의 조그만 여울이라도 마음을 둔다면 대천 아니 될 것이 없나니, 그리는 산이 따로 명색(名色)져 있을 턱없고, 그리는 바다가 따로 지목되어 있을 리 없다.

수년 전, 지기(知己)가 있는 바도 아니요, 동반(同伴)이 있는 바도 아니요, 또 무슨 소망이 있는 바도 아니었건만, 공으로 기십(幾十) 원 써 버려야 할 권리와 의무(의무까지는 문제이지만)가 있는 기회가 있어 단신 상해(上海)를 간 적이 있지만, 범범(泛泛)한 대해(大海)의 가도 가도 파도만인 것은 적이 권태(倦怠)나는 일이었다. 그야 저녁에 노을을 끼며 수평 저쪽으로 구름이 침전되어 가며 이글이글 불타는 태양이 차츰차츰 빠져 들어가는 광경이 장절(壯絶) 하지 않음이 아니었고, 저녁 고요한 파도 위로 잡을 듯 뛰어올라 앉을 듯한 수평 위로 만월(滿月)이 금시 금시 솟는 광경이 신비하지 아님이 아니었다.

그러나 이것은 결국엔 평범한 숭엄(崇嚴)이었다. 귀로(歸路)엔 지독한 풍랑을 만나 내 배도 짠물의 세례를 받았지만, 풍랑의 나락(奈落)으로 곤두박질하다가 격랑의 파고두(波高頭)로 헛정 던져쳐 허공에 뛰는 목선(木船)들의 번롱(翻弄)되는 꼴이, 운명은 가엾지만 보기 드문 호관(好觀)이었다. 물은 그대로 황토(黃土)의 뒤범벅이요, 파도는 바람 소리와 함께 리듬을 잊었는데, 한없이 무한

(無限)으로부터 무한으로 뻗어 있는 수평만이 묵중(黙重)히 자약(自若)하게 있다. 동탕(動盪)은 수평 이하에만 있고, 수평 이상의 명명(冥冥)한 창공은 끝없이 고요하다.

정극(靜極)과 동극(動極)이 이때같이 대조되는 적은 없었다. "명하재천(明河在天)인데 성재수간(聲在樹間)"이란 것도 같은 경우이겠으나, 그 크고 장한 맛이야 어찌 견줄 수 있겠는가. 수월(水月) 임희지(林熙之) 같은 기롱기(奇弄氣)나 있다면 일어나 춤도 출 만하였지만, 이 사람은 그만 횡(橫)으로 기다래져 버렸다. 그러고 보니, 이 사람은 대해(大海)를 논할 자격이 없다. 하나 움직이지 않는 육지에 서선 장담코 나서 대해를 풍미할 수 있다. 예로, 강화(江 華)·교동(喬桐)·영종(永宗)·덕적(德積)·팔미(八尾)·송도(松島)·월미(月尾)의 대소 원근(遠近)의 도서(島嶼)가 중중첩첩(重重疊疊)이 둘리고 이워진 가까운 인천(仁川) 바다를 들자, 아침마다 안개와 해미를 타고 서며 퍼져 떠나가는 기선(汽 船)의 경적 소리, 동(東)으로 새벽 햇발은 산으로서 밝아 오고, 산기슭 검푸른 물결 속으로 어둔 밤이 스며들면서 한둘, 네다섯 안계(眼界)

로 더 드는 배, 배, 배. 비가 오려나, 물기가 시커먼 허공(虛空)에 그득히 품겨지고, 마음까지 우울해지려는 밤에 얕아 떠 노는 갈매기 소리, 소리. 또는 만창(滿漲)된 남벽(藍碧)이 태양 광선을 모조리 비늘져 받고, 피어 뜬 구름이 창공에 제멋대로 환상의 반육부각(半肉浮刻)을 그릴 때 주황의 돛단배는 어디로 가려나. 먼 배는 잠을 자나 가도 오도 안 하고, 가까운 배는 삯 받은 역졸(驛卒)인가 왜 그리 서둘러 빨리 가노. 만국공원(萬國公園)의 홍화녹림(紅花綠林)을 일부 데포르메(déformer)하고, 영사관의 날리는 이국기(異國旗)를 전경(前景)에 집어 넣으면 그대로 모네(C. Monet)가 된다.

청도(靑島)의 부두로 배가 들면서 차아(嵯峨)히 솟아 펼쳐 있는 준초(峻峭)한 골산(骨山)이 금강(金剛)·관악(冠岳)·삼각(三角)·오관(五冠)을 곧 연상케 함에 일 종의 노스텔지어를 느낀 적이 있지만, 남의 나라 명산(名山)은 그림이나 사진 외에 본 적이 없다. 곤륜(崑崙)도, 히말라야도, 에베레스트도, 알프스도 그리 그립지 않다. 내 나라 산도 산정(山頂)에 올라 보기는 삼각(三角)·북악(北

岳)·천마(天摩)·송악(松岳)·마니(摩尼) 등뿐이니, 내게 있는 백두(白頭)·금강(金剛)을 못 오른 주제에 어느 남의 것을 그릴 수 있겠는가.

묘향영산(妙香靈山)을 찾아가고서도 평지에 펼쳐진 보현(普賢)·안심(安心)의 고찰(古刹)만 찾았고, 금강(金剛)에 두 번 놀면서도 정점(頂點)에 오른 적이 없다. 공산준령(公山峻嶺)도 멀리 바라보았을 뿐 중복(中腹)의 동화(桐華)·태고(太古)의 고찰에 발은 그쳤고, 지리영산(智異靈山)에 놀면서도 화엄고찰(華嚴 古刹)에 발이 그쳤다. 오대준령(五臺峻嶺)에 놀면서도 월정(月精)·상원(上院)의 고찰에 발이 그쳤고, 태백준령(太白峻嶺)에 가고서도 중복(中腹)의 부석고찰(浮石古刹)에서 놀고 말았다.

나는 결국 산을 타기 위하여 다님이 아니었고 일을 갖고 배움을 얻기 위하여 가는 것이라, 찾을 대상은 영정(嶺頂)에 없고 중복(中腹) 이하에 있는 것이었다. 영정에 오르지 못한 일종의 변명으로 입산불견산(入山不見山)이니, 명산(名山)은 '가원관이불가설완언(可遠觀而不可褻翫

焉)인저' 할 수밖에. 백두(白 頭)를 오르는 자, 백두를 알아보기 위함이 아니요 백두에서 보이는 것을 보 기 위함일 것이니, 백두에 올라 도리어 백두를 잃을 것이다. 그렇다면 비록 드러누워서 보고, 앉아서 보고, 달리면서 본 청북청남(淸北淸南)이 무비명산(無比名山)이요, 그 중의 묘향 영산은 다시 말할 나위 없고, 해서낙맥(海西落 脈)의 구월장산(九月長山), 백두대간(白頭大幹)의 낙맥(洛脈)인 태백준령(太白峻嶺), 또 ㄱ 낙맥인 속리장산(俗離長山), 이러한 예를 들면 한이 없을 것이다.

그러나 이 사람이 근자(近者)에 가장 인상 깊게 본 것은 개성(開城) 천마산(天磨山)이니, 명산도 그 보는 위치를 얻어야 한다. 총지동(摠持洞)에서 고개턱을 넘어 대령통동(大靈通洞)으로 접어들 제 눈앞에 전개되는 그 산용(山容)의 변화란, 만일에 조선서 세간티니(G. Segantini)가 난다면 이곳 경광(景光)을 잡음으로써 청사(靑史) 제일엽(第一葉)에 오를 것이다. 헤벌어지기만 한 산, 준초(峻峭)한 산, 비록 장(壯)하지 아님이 아니나 결국 흩어진 자연일 뿐 이니, 잡혀지되 장함을 잃지 않고, 장하되 단조

(軍調)에 떨어지지 아니한 곳은 이곳인가 한다. 실로 영통(靈通)된 산이니, 높아 명산이 아니요, 깊어 명산 이 아닐진대, 규모 작다손 치더라도 유선(有仙)한 산이라야 그리워짐은 고금(古今)이 일반이라. 그렇다면, 선문구산(禪門九山)이 가 봄직한 명산일게라.

왈(曰) 실상산(實相山)·사굴산(闍崛山)·가지산(迦智山)·동리산(桐裏山)·봉림산(鳳 林山)·희양산(羲陽山)·사자산(獅子山)·성주산(聖住山)·수미산(須彌山). 이것은 그 대본(大本)된 자요, 이에서 파생(派生)된 선산(禪山)들이 내 비록 선도(禪徒) 아니로되 그리워는 한다.

무제(無題)

일순(一瞬) 천 리의 황막(荒漠)한 광야는 고고(高高)한 벽락(碧落)과 한계가 닿았구나. 도도(島島)한 대양(大洋)도 돌아오지 아니하는 무변경(無邊境)에 잔원(潺湲)한 추수(秋水)만 흘러 드니는 도다. 햇다리 길게 빗겨 추일(秋日)도 장차 저물려 하는가. 추추(秋秋)히 나는 봉자(鳳子) 옹울(蓊鬱)한 황초(荒艸) 위에 보이고, 편편(片片)한 떼 오작(烏鵲)은 소삽(蕭颯)한 추풍(秋風) 속에 들린다.

전도(前途)를 바라보니 다만 암암(暗暗)하고나. 국축(跼蹙)한 나는 향방(向方)을 모르겠노라. 서려도 의지할 장리(杖履)가 없고, 가려도 인도될 죽마(竹馬) 없구나. 봉명(鳳鳴)을 들은 지 이에 이미 수천 년. 일월(日月)은 영전(永轉)컨 만 성인(聖人)은 불귀(不歸)토다. 덕(德)은 버려지고, 사람은 죽어져 삼천세계(三千世界)도 심판의 날이 가까웠으리. 때의 부패된 날짜도 길어졌도다. 세인

(世人)은 어찌타 진화의 미명(美名) 속에 멸망의 사실이 배태(胚胎)되어 있음을 깨닫지 못하는가. 귀명불귀실(貴名不貴實)도 넘어오라지 않았나. 위선으로 친척을 만착(瞞着)하고 붕우(朋友)를 기만하고, 이어나가 천하를 기만하려는 자여, 중심엔 추악(醜惡)을 부여안고 외면에만 현미(衒微)하는 자여, 너희들에 겐 양심이 없나 보이. 가책(苛責)의 본성을 양심이 잃었나 보다.

진부한 숙어(熟語)를 다시 읊조리나니, 참회하여라. 세상은 이미 이극(二極)에 달(達)치 않았느냐. 너희는 마땅히 일편(一片)의 면포(麵麭)가 너의 생명의 유지자(維持者)가 아님을 깨달아라. 청백(青白)한 냉광(冷光)이 도는 삼척청평(三尺青萍)을 우수(右手)에 높이 들고, 불꽃이 솟아나는 진리의 거화(炬火)를 좌수(左手)로 받쳐 든 탄탄한 나의 웅자(雄姿)가 장차 보이리라. 참비(驂騑)는 비대(肥大)되고, 천주(天柱)는 다시 높소와라. 금안(金鞍)에 높이 앉아 일편(一 鞭)을 올려 칠 때 일구천리(一驅千里)의 상제(霜蹄) 밑에서 유린(蹂躪)되는 너희들의 허위를 나는 냉소하리라. 오호라, 너희는 허위의 창작물이었더냐. 허

위의 결정체가 너희였도다. 영장(靈長)을 과긍(誇矜)하는 너희의 오장(五臟)은 이미 썩었다. 너희는 살아 있는 대천세계(大千世界)도 냉철(冷徹)의 조향(噪響)을 내인 지 이미 오램에 이르렀다.

"나에게 즐겨할 자연의 미(美)가 없으면, 차라리 바다를 밟고서 트라이튼(Triton)의 노래를 들으리라."

이러한 완가(惋歌)에 이르게 하였음이 너의 소업(所業)이 아니었더냐. 그러나 그의 윤회(輪廻)의 고민(苦悶)을 당하는 너희 자신을 나는 보노라. 끝까지 허 위의 도로(徒勞)로써 고통에서 민번(悶煩)하면서도 나날이 이검(利劍)을 양심 속으로 촌분(寸分)을 깊게 하는 자여, 너희는 이러한 방법의 길로써 너희가 너희의 자신을 멸망시킴에 이르리로다. 아아, 그 우치(愚癡)를 무엇에 견주겠느냐.

그러나 너희로 하여금 말하게 할 때는 모두가 교육가·도덕가·종교가 아님이 없고, 철인(哲人)·위사(衛士) 못

됨이 없다. 스스로 만인지표(萬人之表)에 처하고, 음연
(凜然), 엄연(嚴然), 거연(巨然)히 대도(大道) 좁아라! 하
고 활보(活步)를 치내다. 오호(嗚呼), 가련한 무리들아,
미명(美名)의 가면으로 우마(牛馬)를 덮은 듯한 너희 무
리여, 깨쳐라. 그리하여 회개하여라. 이는 다만 너희에
게 후시지탄(後時之歎)이 없도록 함의 일문(一文)이다.

무종장(無終章)

일에 끌리지 말고 욕심에 몰리지 말고 아무 데도 구애
되지 말고 아무것에도 속박되지 말고, 무심코 고요한
마음으로 청산에 거닐어 보자. 산천에 정(情)이 있다면
그대로 받아 보고 운우(雲雨)가 무심타면 그대로 젖어
보자 하면 서도, 이른 봄 늦길에 비바람이 몰아치는 어
둔 산길에 이 몸이 하루 저녁이나마 드새고 갈 정처도
없이 타박이고 있을 때, 불안한 마음이 이 몸을 엄습
한다. 그대로 그 경(景)에 눌려 버리면 자연스런 구음
(口吟)도 하나 있으련만 현실에 오히려 위협을 받고 공
포를 느끼게 되니, 거두(擧頭)의 나의 소망은 한 개의
믿음 없는 가구(架構)였다.

또 하룻날, 한편에선 북[鼓]이 울고[鉦]이 뛰고 장구[長
鼓] 박자에 흥취가 동탕(動蕩)할 제, 이 친구 저 사람은
홍상(紅裳)에 율동을 맞추고 가홍에 곡조를 돕는데, 창

(唱) 하나 무(舞) 하나 하지도 못하면서 주상(酒床)을 떠나지 못 하는 나. 나 자신도 무료하지만 남 보기에도 무미한 것인데, 그렇다고 즉흥의 묘사는 못 한다 하더라도 고음(苦吟) 일절이라도 가라앉지를 아니하여 할 수 없으니 이야말로 어찌 된 셈일까. 적(寂)에 철(徹)치 못하고 흥에 뛰지 못 하고, 그리고 또 적이나 흥에 가라앉지도 못하니, 도대체 나의 존재는 무엇 인고. 서책(書冊) 하나 착심(着心)해 정독치도 못하거니와, 그렇나고 속무(俗 務)의 하나일지라도 뚜렷이 묶어 놓지를 못하고 욕심에만 설레어 양자 사이에 헤매고 있으니, 어허 참 괴이한 일이요 한심할 노릇이로다.

[나는 항상 초장·중장뿐이요 종장을 마치지 못한다. 이것이 나의 글의, 마음의, 일의 진상이니, 종장이 없다고 구태여 탈하지 마라. 무리하게 찾으면 거짓(僞)이 나오리라.]

번역필요(飜譯必要)

남의 나라 글을 그대로 읽지 못하는 이 땅의 사람들을 위하여 이 땅의 글로 번역을 한다든지, 이 땅의 글을 그대로 읽지 못하는 남의 나라 사람을 위하여 그 나라 글로 번역한다든지, 이러한 통속적 의미에서의 번역의 의미를 나는 말하고자 하는 것이 아니다.

번역이라면 대개 읽을 수 없는 글, 읽기 어려운 글이란 용기(容器)에 담겨있는 내용을 읽을 수 있는 글이란 나에게 편리한 용기에 옮겨 담는다 생각하고 그 필요를 인정하기들은 하나, 언어의 상위(相違)로부터 오는 가능성의 여부 내지 그 한계성이 논란되기는 문필(文筆)에 유의하는 사람들로 말미암아 많이 되어 있지만, 내가 말하는 번역의 필요성이란 이러한 문제 테 밖에서 생각하고 있는 중요성이다.

나는 일찍이 피들러(K. A. Fiedler)의 예술론(藝術論)에서 이러한 것을 읽었다.

논의적(論議的) 사유란 말없이는 불가능한 것이지만, 동시에 사유는 음성(音聲)에는 매여 있지 않다. 즉 사람은 말로써 생각은 하나, 말하지 않고서 쓰지 않고서도 생각은 할 수 있다. 그러나 생각을 한다든지 쓴다든지 하는 일의 전기원(全起源)은 '말을 한다.'는 사실 속에 존재하여 있다. 말해진 말이란 것이 제일(第一)되는 것으로, 말로써 생각할 수 있는 능력이란 말소리·몸짓으로부터 발전한다. 그러므로 말하는 능력이 처음부터 없다면, 말로써 생각한다는 일도 발전될 수 없다. 말이란 결코 그에 상용되는 말이란 결코 그에 상용되는 사상적(思想的)소산이 음성적(音聲的) 표출을 요구함에서 생겨나는 것이 아니요, 아직 형성되지 못한 것이 그 최고의 발전형식까지 진전된 그곳에 말이 있게 되고 말이 성립케 된다. 말로써 표현되는 것은, 말 이외로서는 어떠한 형식으로든지 인간정신 안에 있을 수 없다. 그것은 말로 말미암아서 비로소 나타나는 것이요, 말로써 비로소 성립한다는 것이다. 운운.

즉 사고(思考)란 언어로써 되는 것이요, 언어의 실재(實在)란 말해지는 곳에 비로소 있는 것이니까, 사고라는 것이 비록 언표(言表)되지 않는다 하더라도 그것은 표면적으로 나타날 것이 임시 억압되어 있을 뿐이요, 내면적으로 사고의 진행이 말이 말해지는 형식을 취하고 있다는 것이다. 그러므로 말이란 사고가 끝난 곳에 성립되는 것이 아니요, 사고의 출발에 언어가 있는 것이요, 사고의 진행 형식이 곧 언표의 형식을 갖고 있다는 것이다.

이와 같이 우리의 사고라는 것이 우리가 말로써 말하는 과정형식(過程形式) 그대로 진행되는 것이요, 그 이외에 달리 사고라는 것이 있을 수 없고 진행 될 수 없는 것인 까닭에, 말이 말해진다는 것이 곧 사고되는 소이(所以)이다.

그러므로 예컨대 알기는 아나 말할 수 없다는 것은 언

표의 능력이 부족해서 그렇다는 것보다도 사고가 불충분해서 그런 것이다. 즉 덜 알아 그런 것이다. 원래, 우리가 잘 생각한 것은 그대로 잘 말할 수 있는 것이다. 말을 할 수 없다는 것은〔외부적으로 어떤 영향을 기피(忌避)해서 의식적으로 할 수 없다는 것과는 달라〕잘 생각되지 아니한 까닭이다. 이때 생각할 수 있는 것은, 언어 그자신이 불충분해서 말할 수 없는 수는 있다. 이런 경우에는 내 말은 불충분하나 남의 나라 말엔 적당한 것이 있어 그것을 빌려다 발표할 수는 있다.

학술적 용어뿐 아니라 일상용어에서도 남의 말을 섞어 쓰는 것은 우리가 항상 보고 아는 바이다. 그러나 이것은 일시의 방편에 지나지 않는 것이요, 내 피로서의 말이 아닌 만큼, 그 사고라는 것도 결국 내 피가 되어 주지 않는다. 가령 '피육(皮肉, ヒニク)'이란 말을 쓴다 하면, '피육'이란 생각이 있어 쓰기는 하나 'ヒニク'란 언어로써 발표되고 생각되는 '피육'이란 사고는 내 피가 되어 있는 것이 아니다. 그것은 불확실한 사고를 이루고 있을 뿐이다. 이 곳에 번역이란 것은 어떤 나라 말,

예컨대 독일어면 독일어로 발표된 독일어 적 사고를 내 말로 내 말적 사고로 하여 내 피를 만드는 데 큰 의미가 있는 것이다.

가령 '칸트(I. Kant)'의 『판단력비판(判斷力批判)』을 원문대로 읽는다면, 읽는 동안에 우리말로, 우리말이 언표되는 형식대로 다시 엮어지지 아니하면 그것은 곧 나 자신의 피로써 사고를 형성치 못하는 것이다. 우리말로서 충분히 엮어짐으로 해서 칸트의 『판단력비판』으로 머물러 있지 아니하고 나 자신의 『판단력비판』이 되는 것이다. 번역이란 결국 이 뜻에서 필요한 것이다. 다양한 남의 생각이 다수히 번역되는 대로 내 자신의, 내 피로서의 사고가 풍요 해지는 것이다. 물론 허튼 번역이란 아무 의미 없는 것이다.

다만 한 가지 문제는 말의 한계성(限界性)이란 것이다. '피들러'는 말하되 그러나 말이란 한번 성립되면 그대로 영속적인 한 재산이 되어 전달되는 법이니, 사람이 소리를 내어 쓰든 말든 실제에 있어선 그것을 쓰면서 있다.

말해진 말에는 확실히 그와 동등의 어떤 정신적 내용이 조응(照應)되고 있나니, 그러므로 생각되어 있건, 쓰여져 있건, 말해져 있건, 그 말은 언제나 동일체이다. 말이 한번 존립케 되면 다시 돌아갈 수 없다. 정신적 활동이란 필요 적으로 이 언어란 재료에 얽매이게 되나니, 그러므로 더 높은 것을 표현할 때 자유롭고 해방적으로 보였던 것이 한 개의 제한적인 것이 되어 정신은 이 제한 속에서 걷게 된다. 이리하여 능재(能才)·천재(天才)들은 언어의 표출 능력을 확인하려고 애를 쓴다. 운운.

이곳에 언어의 새로운 용법, 새로운 발견의 동기가 숨어 있건만, 이 문제는 장황하겠으므로 그만두겠다. 하여간 번역이란 여러 가지 의미에서(그 가능의 한도는 별 문제로 하고) 필요한 것인데, 조선서는 이 방면의 활동이 매우 적으니, 이것은 요컨대 섭취능력의 미약(微弱)을 말함이라. 즉 생활력의 미약의 징조이니, 유감(遺憾)된 바의 하나라 안 할 수 없다.

브루노 타우트의
『일본미의 재발견』 건축적

1938년, 향년(享年) 오십칠 세로서 이스탄불(구 콘스탄티
노플)에서 객사(客死) 한 브루노 타우트(Bruno Taut,
1880-1938)는 쾨니히스베르크(Konigsberg)의 산(産)인
근대 세계적 대건축가였다. 에리히 멘델존(Erich
mendelsohn), 발터 그로피우스(Walter Gropius), 한스
푈지히(Hans Poelzig), 페터 베렌스(Pe-ter Behrens)
들과 함께 구주대전(歐洲大戰) 후의 독일 표현파의 쟁쟁
한 거장이 었었다. 그는 마이스터(Meister)인 동시에 프로
페서(professor)였다. 마이스터로 서의 그는 많은 지들룽
(Siedlung)과 볼문겐(Wolmungen)과 바우블록

(Baublock)을 독일에 남기었고, 소련과 토이고(土耳古)
정부의 초빙을 받아 도시문제·건축문제에 참가하였지만,
소련에서는 정부의 사정으로 말미암아 계획이 중단이

되어 타우트가 작품을 남기지 못하게 되었고, 토이고에
서는 계획 중도에서 절명(絶命)이 되어 또한 남기지 못
하였다. 그러므로 그의 작품은 독일에 중심되어 남아
있다 하겠는데, 건축이라면 항용 우리는 가족 본위의
개개의 소주택 건물, 집상적(集象的)인 것으론 학교·병
원·백화점·여관·관청· 공장·정거장·은행·회사 등의 양적
으로 클 따름인 대건축을 상상할 따름이지만, 바우블
록·볼문겐·지들룽 들은 이 땅의 언어·개념으로서 번역
할 수 없는 것으로서 그것은 근본적으로 사회정책에 입
각한 전체주의에서 출발하여 개별적 건물들이 이 전체
주의에서 파악되어 안배되고 건설되어 각개의 건물들이
유기적으로 종합이 되어 이 전체주의에 기능적으로 연
결된 위에 처결(處決)된 건축들이니, 이는 세계대전을
겪고 난 구주 제국(諸國)에 있어 유사 이래에 처음으로
체험한 대동란(大動亂)의 혼효(混淆)를 처리하는 한편,
다시 또 팽창 되는 사회의 혼둔(混鈍)을 처리하자는 데
있다. 그러므로 현대의 건축가들은 과거의 목수장이들
과 같은 기술자로서의 직분에서 떠나, 그러한 기술자로
부터 분간(分揀)된 사회정책의 정견가, 인생관·세계관의

탐구자, 예술철학 기타 일반 문화에 대한 일가견, 이러한 데 깊은 식견을 가지려 하고 또 갖고 있게 되나니, 마이스터로서 프로페서가 되어 있는 것은 이 때문이라 하겠다. 그는 『프룰리히트(Fruhlicht)라는 잡지를 주재(主宰)하고 있었고 저술로서,

『도시의 왕관(Die Stadtkrone)』『알프스 건축(Alpine Architektur)』 『우주건축가(Der Weltbaummister)』 『도시문제의 해결(Die Auflosung der Stadte)』『신주택(Neue Wohnung)』 등 유명한 저술이 많다.

이 『일본미의 재발견』이란 것은 1933년 5월에 일본건축의 시찰로 왔다가 약 삼 년유 반(半) 1936년 10월에 토이고로 가기까지 일본에 체재한 동안에 발표된 것이니, 내용 목차를 들면,

1. 일본건축의 기초[日本建築の基礎, 국제문화협회강연, 『일본평론(日本評 論)』 1936년 3월호]

2. 히다에서부터의 일본해 지역 여행 일기 초록(飛驒か

ら裏日本旅日記抄,『일본평론』1934년 11월호-1935년
1월호)

3. 눈의 아키타—일본의 겨울 여행〔雪の秋田—日本の冬
旅,『문예춘추(文藝春秋)』1937년 3월호〕

4. 영원한 것—가쓰라리궁〔永遠なるもの—桂離宮, 산세이
도(三省堂) 발행 『일본의 가옥과 국민(日本の家屋と國
民)』중 일절〕

5. 발문(あとがき)

으로 되어 있다. 1·4는 본업적(本業的)인 건축미에 대한
이론과 설명이며, 2·3은 기행문이고, 5는 역자가 작자
와 내용에 대하여 요령 있는 해설을 한 것이다. 나는
이 책의 편집체재가 바로 수박 같다고 생각한다. 1·4는
표피같이 딱 딱한 편이요, 5는 꼭지요, 3·4는 수분 많
은 내육(內肉)이다. 감수성의 예리함과 유모리스틱한 기
성(氣性)과 자연에 대한 풍부한 시적 향락(享樂), 이런

것들로 채워 있는 순수한 기행문이다. 거기에는 하등의 페단틱(pedantic)한 점도 없다. 본업적인 이론도 없다. 우수한 문학작품의 하나로서의 기행문일 따름이다. 본 업적인 건축이론·예술이론은 1과 4에 있다. 그러므로 나는 이 양자를 종합하여 그의 말한바 내용을 소개해 볼까 한다.

그는 일본건축을 통하여 무엇이 '일본적인 것'이며 무엇이 '비일본적인 것'이냐는 것을 말하고 있다. 역사적으로 본다면 이 '무엇이 일본적인 것'이며 '무엇이 비일본적이냐'는 문제는 중국과 조선의 여러 가지 문화가 일본에 영향 되는 혼둔기(混鈍期)를 중심하여 그곳에서 일대 전환을 얻으려던 나라기(奈良 期) 이후에 성립된 문제요, 그 이전의, 즉 원시일본문화기(原始日本文化期)에선 문제가 되지 않던 것이다. 왜냐하면 그것은 남과 구별할 필요가 없는 것이요, 일본이니 비일본이니 할 문제가 성립될 필요가 없었던 때문이다. 그런 데 이 원시일본문화에서 산출된 건축이란 일본과 같은 풍토의 제국(諸國), 예컨대 스칸디나비아, 스위스, 독일의 슈바르

츠발트, 알프스 지방, 세르비아 및 일반 발칸 지방 등 국제적으로 공통되는 요소가 있어 원시문화기의 건축이야말로 이국적 특수적이라기보다 국제적 보편성을 가지고 있는 로고스(logos)적인 것이니, 이러한 정신의 발달의 극치를 보이는 것이 이세 신궁(伊勢神宮)이다. 이세 신궁의 미는 인간의 이성을 반발시킴과 같은 실없는 요소가 없고, 그 구조는 단순하나 그 자체가 논리적이다. 그곳에는 후대 일본건축에서 볼 수 있는 바와 같은 번쇄(煩瑣)로운 장식에 얽매임이 없고, 구조가 곧 미적 요소를 이루고 있다. 그렇다고 판〔型〕에 박은 듯한, 즉 계산할 수 있는, 즉 청부적(請負的) 기술에 의하여 된 것이 아니요 진정한 의미에서의 '건 축'인 것이다. 기교적인 것은 예술적인 것이 아니요, 지순(至純)한 구조학적 형식만이 예술적인 것이다. 이곳에 아크로폴리스(Akropolis)의 파르테논(Parthenon)의 가치와 이세 신궁의 가치 사이에 동일점이 있는 것이다.

이 정신은 불교문화가 수입된 이후에도 신야쿠시지(新藥師寺) 등 같은 구성적 이성을 가진 건물을 남기었고, 중대(中代)에 들어 헤이가(平家)의 문화가 그 정신을 갖고 있어 그 유풍이 히다국(飛驒國) 백용(白用)의 산골집 같은 데 남아 있고, 근세에 들어 도쿠가와시대(德川時代)의 교토 근방에 있는 가쓰라리궁(桂離宮) 같은 것으로 남아 있다. 이것들은 진실로 탁월한 정신의 자유로운 활동에서 구성된 것으로, 세계 건축계에 관절(冠絶)된 작품들이다. 그것은 '영원의 미'를 개두(開頭)한 것이요, 현대인으로 하여금 그와 동일한 정신에 의하여 창조할 것을 알려 주고 있는 '절대적인 의미에서의 일본적인 것'이요 '상대적인 의미에서의 일본적인 것'이 아니다.

그런데 이와 반대되는 미가 있으니, 말하자면 특수한 풍속과 지역이란 것이 한정을 받은 이역적(異域的)인 것 또는 이성을 잃은 기형적(畸形的)인 것, 그 것은 창조적 정신을 잃고 능동적 정신을 잃고 모방과 반복과 안일의 정신에 젖은 것, 이리하여 엑조틱(exotic)하고 에트랑제(etranger)한 것, 일례를 들면 일본인이 시대에 적취(積聚)에서 곰팡내 나는 '사비(寂び)'라든지 '와비(侘び)'라든지 하는 것, 선적(禪的)인 일회적인 의미를 잃고 아카

데미화한 다도(茶道) 한 것, 골동화(骨董化)된 다실(茶室) 건물의 모방적 번복(飜覆)—구조적 특질을 잃은 수많은 불찰(佛刹)들—, 이러한 정신의 대표적 작품이 곧 닛코 (日光)의 도쇼궁(東照宮)이다. 이 곳에서는 개개의 요소 가 자유를 잃고 권력과 위의(威儀)에 습복(褶伏)되어 있 고, 건축적 정신, 건축가의 독립적 개성을 잃은 목 공장 (木工匠)·기술장(技術匠)으로의 청부업자의 손으로 된 것 이 있을 뿐이다.

이세 신궁을 그는 천황정신(天皇精神)에 의한 것이라 하 고 도쇼궁을 장군정신(將軍精神)이 서려 있는 것이라 하 여, 역대 일본의 제종잡다(諸種雜多)한 건물을 이 두 요 소로 환원시켜 가지고 천황정신에 의한 이세 신궁이 곧 절대 적 일본적인 것인 동시에 이성적 보편적인 것이 요, 국제적 보편적인 것이라 하였다. 종장(終章)에 있어 서 '영원한 것(永遠的なるもの)'이라는 장은 이러한 정신 의 최고의 일례인 가쓰라리궁에 대한 구체적 감상평가 의 서술이다. 그의 결론으로서 "이 이상 더 단순할 수 없고 이 이상 더 우아할 수 없다"고 가쓰라리궁을 평하

였는데, 이는 목차 뒷장에 붙은 그의 명제(Axiom)로서 개현(開 現)한 '모토' 최대의 단순 속에 최대의 예술이 있다" 한 말의 구체적 설명이 며, 또 가쓰라리궁 감상의 결론으로 "무릇 우수한 기능을 가진 것은 동시에 그 외관에서도 우수한 것이다" 한 자기의 평소의 주장이 곧 현대 건축정신으로서의 중심됨임을 말하였는데, 세인은 이를 오해하고 공리적(功利的)인 유용성이나 기능에만 국한시켜 해석하지만 자기의 본 정신은 이 가쓰라리궁에 유감없이 나타나 있다 하였다. 목차 뒷장에 붙은 명제로서의 다른 하나, "예 술은 의미다" 한 명제의 뜻도 이곳에 있는데, 그는 예술에 대하여 이러한 설명을 하고 있다.

예술 자체는 정의를 내릴 수 없는 것이다. 즉 예술은 일체의 계량과 합리적 공식화를 거부하는 영역이다. 그럼에도 불구하고 예술의 영역은 지성과 교섭을 가졌다. 참말로 이러함이 없다면, 단(單)히 지성만이란 것은 빈약하여 생산에 견디지 못한다. 그러므로 예술이란 일체의 합리적 정의라는 것을 거부 하면서도, 결코 신비적인 애매모호한 것이 아니다. 예술의 형식, 즉 예술적 소산은 감정에서 나오나니, 감정이 한번 한가(閑假)와 화정(和靜)을 얻어 예술에 집중되면 마침내 극히 명확히 긍정한다든지 혹은 부정함을 상사(常事)로 한다. 미의 형식은 그 기원을 찾을 도리가 없지만, 이리하여 객관적 사실로 성립되는 것이다.

이곳에 그의 정신을 볼 수 있다.

연전(年前) 메이지쇼보(明治書房)에서 『닛폰(ニッポン)』이 발간되었을 적에도, 그곳에서도 그는 상술한 내용의 '일본적인 것'으로서의 이세 신궁, 가쓰라리궁 등을 극히 찬미하고 도쇼궁 등을 비일본적인 것으로 폄하하였다. 이때 후지오카 미치오(藤岡通夫) 씨와 같은 이는 그의 이러한 일원론적인 것을 거부하고, 도쇼궁은 기념을 요하는 영묘(靈廟)요, 가쓰라리궁은 주택이요, 이세 신궁은 신궁이라, 이와 같이 각기 목적이 다른 것이니 목적이 달라서 결론이 달라진 것을 이해치 않고 통틀어 거부한 것은 그의 편견일 뿐이라고 반박하기도 하였다.(동경미

술연구소 발행 『화설(畵說)』 제1호 및 제3호) 이것은 브루노 타우트가 각개 실물을 거론한 데 있어 각개 건물의 목적, 따라 그것의 존재가치의 제한성을 무시하고 마치 그것이 절대 '일본적인 것'을 제시함에 결정적인 것같이 취급한 오류를 지적함에서는 충분한 반박이나, 어떠한 정신 이 '일본적인 것'이냐는 것을 결정짓자면 타우트의 결론의 가부는 별문제하고 그의 일원론적인 단안(斷案)은 실로 그의 철저한 주견(主見)을 보이는 것으로 그의 태도에는 하등 서스펜스(suspense)한 점이 없다. 진실로 세계 건 축계·예술계를 풍미하였던 당당한 그의 풍모를 볼 수 있다.

역자 시노다 히데오(篠田英雄) 씨는 독일의 감능(堪能)한 이로 많은 철학서 류(哲學書類)의 번역이 있는 이며, 타우트와 친교가 있던 사람이다. 또 역문(譯文)이 유려하여 마치 타우트가 일본문으로 직접 쓴 것을 읽는 거와 같은 순탄한 맛을 느끼게 된다. 백육십사 쪽의 장편(掌篇) 소책자이지만 원저서(原 著書)의 여행 중 스케치가 많이 삽입되었고 일본 건축미의 정수(情粹)를 보이는 도판도 수엽(數葉)이 있어 정미(情味) 깊은 책자라 하겠다.

석조(夕照)

한후(旱後)의 대우(大雨)가 그치자 입추(立秋)는 서해(西海)를 넘었다. 산 없는 하늘엔 화산이 터졌다. 불 없는 지상엔 물이 넘치고……. 수풀의 요녀(妖女)는 저녁별의 눈물에 목이 맺혔다. 수렴(水簾)은 쏟아져 수연(水煙)이 이는 구름의 빙산은 인간의 운명을 조소하며 우주의 말로(末路)를 예언하면서 화염을 토하고, 넘어가는 저녁 햇발에 녹아 떨어져 물로 스미고 바다로 깔리어 우편(右便)의 안미(眼尾)를 좌편(左便)의 안미와 연결하였다. 구름은 한껏 열(熱)하고, 한껏 얼었다. 유유(悠悠)한 창천(蒼天)에 저 구름은 다 타고, 남은 구름의 재는 바다로 스미고 땅으로 스미어 멀리멀리 섬을 덮고 산을 넘었다.

아아, 위대한 이 자연! 명화(名畵)는 반드시 화판(畵板)을 던지고, 필걸(筆傑)은 반드시 붓을 꺾어라. 이 자연을 형용할 제일의 수단이리라. 가슴을 부여안고 주저앉아서 땅바닥 두드림이 아마도 제일 걸작의 찬미가(讚美歌)가 되리라. 악가(樂家)여! 시인이여!

보아라, 인간이여! 베수비오(Vesuvio)의 분화(噴火)를 보려는 자여, 킬라우에아(Kilauea)의 용암을 보려는 자여! 북극의 빙주(氷柱)를 보려는 자여! 대양(大洋)의 왕파(汪波)를 보려는 자여! 오직 이 경(景)을 너희는 보아라!

보아라, 인간이여! 생사의 분계(分界)로 걸쳐서 서 있는 말로(末路)의 인간의 안 광(眼光)과 같이 너의 자랑인 섬광(閃光)이 깜박거림을! 검은 섬 사이에 실낱같은 장파제(長波提)로 우보(牛步)를 치고 있는 너희의 자랑인 질주(疾走)의 기관(機關)을! 창해(滄海)의 일속(一粟)은 잠길락 말락, 구름의 격랑은, 용암의 분회(噴灰)는 처처(處處)의 도봉(島峰)을 삼켰다 뱉고, 받았다. 삼킨다. 아, 인간이여! 문명의 몰락을 깨닫지 못하고 꿈에서 꿈으로 방랑하는 자여! 순례하는 자! 대수(大樹)를 뽑으려는 누의(螻蟻)들이여! 섬광을 잡았다는 인충(人蟲) 들이여! 너

희는 산송장이니 네 어이 알쏘냐마는, 감로(甘露)가 내
리인 방초(芳艸) 위에서 마음의 생활, 단순한 세월을 보
내고 있는 백충(百蟲)의 무도장(武 蹈場)인 이 산에 올라
미래의 황분(荒墳)인 너의 굴 바라보아라.

나는 우노라! 심령(心靈) 고갈한 인간들이여! 평범의 진
리를 유치하다 하고, 복잡한 모순에서 혼미(昏迷)하는
인간들이여! 기계의 소산인 인간들이여! 너희의 말로를
나는 조표(弔表)하노라! 너희의 인중을 빨며 나는 우노
라! 아아, 내 어이 만국루(萬掬淚)를 아낄까 보냐……

수구고주(售狗沽酒)

보음(補陰)의 묘제(妙劑)로서 조선에는 삼복(三伏)날에 개〔狗〕를 먹는 풍습이 있다. 복장(伏藏)된 금기(金氣)를 보(補)하는 의미에서일 것이다. 아전인수격(我田引水格)이지만 토용(土用)의 장어〔鰻〕보다 의방(醫方)은 역연(歷然)한 듯하다. 그러나 타일방(他一方)에서는 사군자(士君子)된 자 구육(狗肉)을 먹어선 아니 된다고 한다. 즉 구육을 먹으면 공(功)을 이루기 어렵다 하니, 이는 혹은 유가자류(儒家者流)의 논리관(論理觀)에서 오는 일종의 금기(禁忌, 터부)일는지도 모른다. 하여간, 일방(一方)에서는 먹어야 한다고 하고 타방(他方)에서는 이를 먹으면 아니 된다 하니, 이런 모순은 어찌하면 좋을 것인가. 즉 마땅히 개〔狗〕를 팔아서〔售〕 술〔酒〕을 사야〔沽〕 할 것이다.

이러한 의미에서인지 아닌지는 보증키 어려우나, 이곳

서울 조선인 호사가(好事家) 간에서는 일시(一時) 이 말이 은어(隱語)와 같이 희담(戲談)과 같이 유행하고 있었다. 즉 '수구고주'는 지금 와서는 하나의 고사(故事)로 되어 가고 있으나, 이 구(狗)란 것이 실제로 저 노두(路頭)에 주구(走驅)하고 있는 범 견(凡犬)의 유(類)가 아니요 서울의 어느 미술관에 수장되어 있는 저 유명한 단원(檀園) 김홍도(金弘道)의 화(畵) 〈투견(鬪犬)〉이다.

이 그림은 지본착색(紙本着色)이라 하지만 농채(濃彩)가 아니라 묵색(墨色)이 주가 되어 강자(絳赭)의 유(類)가 전체에 사용되고 청록(靑綠)의 유는 연하(緣 下)의 잡초와 지퇴(地堆)의 일부에 약간 사용되어 있는, 흑미(黑味)가 뚜렷한 그림이다. 조선의 그림으로서는 진귀하다 할 만큼 사실적으로 충실한 그림인 데, 육부(肉付)의 요철(凹凸), 모립(毛立)의 소밀(疎密) 같은 것도 묵색의 농담(濃淡)에 의하여 실로 생생하게 표현되어 있다. 개의 종류는 전문가에게 묻지 않고는 알 수 없으나 불도그와 흡사하고 체구(體軀)는 훨씬 크다. 틀림없이 서양견인데 영맹(獰猛)함이 더할 수 없는 형상을 보이고 있다. 현재의 화폭은 종(縱) 일 척(尺) 사 촌(寸) 삼 푼(分), 횡(橫) 삼 척 이 촌 오 푼으로 되어 있 지만, 물론 완폭(完幅) 은 아니다. 『조선고적도보(朝鮮古蹟圖譜)』 제14책에는 이 〈투견도〉 외에 남리(南里) 김두량(金斗樑)의 〈목우도 (牧牛圖)〉와 필자 미상의 〈구도(狗圖)〉가 있으나 모두가 매우 유사한 필치(筆致)를 갖고 있다.

그런데 이 개는 본래 서울의 김모(金某)라는 광산가(鑛 山家)의 집에 있던 것 인데, 김모와 심교(深交)가 있던 화백에 심전(心田) 안중식(安中植)이 있었다.

『근역서화징(槿域書畵徵)』에 "철종(哲宗) 12년 신유생(辛 酉生) 졸년(卒年) 오 십구"라 있으니, 1861년생이고 몰 년은 1920년이다. 조선조 말대의 명화(名畵)로서 오원 (吾園) 장승업(張承業)의 제자이며 관재(貫齋) 이도영(李 道榮)의 사(師)이고 소림(小琳) 조석진(起錫晉)과 병칭되 던 인물이다. 『근역서화징』에는 "畵各體俱長 書隸行 그 림 각 체에 뛰어났고 예서와 행서를 썼다"이라고 매우 간단하게 적혀 있으나, 그 『서화징』의 저자로부터 친히 들으니 성품이 지극히 방일 쇄탈(放逸灑脫)하여 술을 즐겨 깨는 날이 없었고, 그 때문에 화폭은 어느 때 나 완성에 이르지 못하고 많이 중도에서 그쳐 나머지는 제자인 관재 이도영(1933년 졸)의 계필(繼筆)에 의하였다고 한다. 광산가인 김씨가 몰락함에 이르러 가전(家傳)되던 많은 습장(襲藏)이 매출(賣出)됨에 저 명폭(名幅)의 개도 같은 운명에 봉착하였으나, 원래 이 사람들은 평상 죽림(竹林)의 칠현(七賢)으로서 자임(自任)하여 물외(物外)에 소요하고 두주(斗酒)를 위해서는 만전(萬錢) 이라도 아끼지 않던 생활 방식인데, 모처럼 갖고 있던 개도 낙관(落款) 없이는 술이 되지 않는다. 그림은 분명히 잘되었지만, 그렇다고 근세(近世)의 화인(畵人)에서 이를 찾아본다면 단원(檀園)을 두고서는 따로 없을 것이라 하여 무엇이고 하여서 못 할 바 없던 심전이 즉석에 각인(刻印)하여 이에 찍어서 시(市)에 내놓았다고 한다. 지금도 저 그림의 백문주인(白文朱印)의 '士能(사능)'이란 단원의 자인(字印)을 볼 때마다 심전의 취안(醉眼)이 떠오르는 듯한 느낌을 갖게 된다.

심후(心候)

안개가 자욱하게 내렸다. 낮은 낮인 모양이나 태양광선
은 볼 수도 없다. 무엇인지 검은 영자(影子)가 왔다 갔
다 하는 것이 어슴푸레하게 보인다. 시절(時節)은 모르
겠으나 서리도 내린 듯하다. 매우 차다. 발밑이 얼어붙
는 듯도 싶고, 누기(漏氣)가 오른다. 빗발도 지나는 듯
하고, 눈도 내리는 듯하다. 새 소리도 없고, 바람 소리
도 없고, 나무도 없고, 풀도 없다. 이상한 땅에 이상한
시절이다. 이것이 무슨 기현상(奇現象)인 줄 아느냐. 내
가 사람 뱃속으로 들어가 관찰한 인심(人心)의 기후(氣
候)이다.

아포리스멘(Aphorismen)

1.

부상(扶桑) 석(釋) 표재(瓢齋) 『속인어록(俗人語錄)』 서문 일절에 "어제는 지났고 내일은 모르오니 세상사는 오늘뿐인가 하노라" 하는 뜻의 일구(一句)가 있다. 이것은 두 가지로 해석할 수 있는 것인데, 한편 소극적 방면에서 본다면 찰나적 향락주의를 읊은 것이라 하겠고, 달리 적극적 방면에서 본다면 '영원의 현금(現今)'에서 최선을 다해야 한다는 것으로 해석할 수 있을 것이다.

2.

'영원의 현금'에서 최선을 다해야 한다면, 이는 곧 방편을 목적으로 생각하는 경치(境致)이다. 내일을 위하여 오늘이 있는 것이 아니요, 오늘을 위하여 어제가 있었던 것이 아니라면, 목적과 방편이 다 같이 '오늘'의 성격이다. 목적은 자태(姿態)요 방편은 거동(擧動)이다. 완성은 오늘에 있고, 내일에 없다. 지금에 있고, 다음에 없다. 한 걸음이 '영원의 현금'의 '찰나의 완성'이지 앞을 위하여의 준비가 아니며, 어제가 만든, 즉 지남이 만든 결과가 아니다. 그러므로 고전(古典)은 항상 '영원의 현금'이 산출한다.

3.

고전은 바위 옷같이 시간의 누적에서 생겨나는 곰팡내 나는 구질구질한 것이 아니요, '영원의 현금'이 찰나 찰나로 산출시켜 가는 '영원의 새것'이다. 그러므로 '고전은 항상 신생(新生)되는 것이라야 한다.' 가장 새로운 '영원의 현금'의 우리가 우리와 같이 새로운 것을 발견할 수 없는 것은 이미 고전이 아니다. 그러나 '영원의 현금'의 '가장 새로운 우리'가, 우리보다도 더 새로운 것을 발견할 때 이미 우리는 또다시 새로워졌고, 우리들을 새롭게 한 그것은 실로 고전의 진면목을 갖춘 것이다.

4.

내일을 위하여 오늘을 제공하는 사람은 내일을 얻지 못할 뿐 아니라 오늘도 잃고 말 것이다. 어제를 동경하고 있는 사람은 반드시 오늘을 희생코 말 것이다. 찰나 찰나의 완성의 연결은 탄발적(彈發的) 진행을 같은 천행(天行)이요, 찰나의 목적, 찰나의 완성이 없는 작용의 누적은 괴훼(壞毁)요 사태(沙汰)다. 찰나의 완성의 연결은 같은 '미완성'이요, 괴훼의 연결은 완성·미완성으로써 말할 것이 아니라, 도대고(都大高) '혼돈'이다. '오늘의 현금'에서 '어제의 현금'의 완성이 실패로 보일 제 '오늘의 현금'은 완성된 것이요, '오늘의 현금'에서 '어제의 현금'이 완성으로 보일 때 오늘은 실패된 것이다. 찰나의 완성에 찰나의 완성을 불러들이어 완성의 둘레가 커가는 것을 건실한 행(行)이라 하겠고, 따라서 다빈치(L. da Vinci)적 미완성이 있는 것이요, 찰나 찰나를 다음에 오는 찰나를 위한 찰나로 볼 때 영원한 허무만이 있을 것이다. 찰나가 찰나 그대로 목적이요 인격일 때 씩씩한 생(生)은 있고, 찰나가 찰나의 수단일 때 뜻없는 세월만 흐를 것이다.

5.

끝없이 완성의 찰나가 누적되므로 영원의 미완성을 깨닫게 된다. 실패는 성공의 어머니라는 것이 진부한 말이나, 이러한 경우에서 더욱 구체적으로 깨닫게 된다. 다시 또 진부한 말이나, 실패를 무서워하는 사람에겐 성공도 없다. 남의 진지(眞摯)로운 실패를 웃는 자, 반드시 성공의 비결이 있는 까닭이 아니요, 자기의 실패를 숨기려 하는 자, 행(行)에 반드시 진지로운 자 아니다.

전자는 같지 않은 조(操)만 빼고 남을 괴방(壞妨)하기 좋아하는 협량(狹量)의 인물에 많고, 후자는 자기 자신을 위만(僞滿)하되 불안을 느끼지 않는 성격에 흔한 일이다. 남의 진지로운 실패를 동정하고 귀감(龜鑑) 삼아 자기의 실패를 충실히 고백하는 성격이 가장 바라고 싶은 성격이다. 실패의 고백이 곧 성공의 첫걸음이다. 그러므로 루소(J. J. Rousseau)는 '실패의 고백'으로써 성공하였다.

6.

찰나가 찰나에서 완성된다는 것은 즉 사(死)가 생(生)을 탄생한다는 의미와 통한다. 사가 생을 탄생한다는 것은 유(有)가 무(無)에서 나온다는 것이 아니라, 꽃에서 '여름'이 열음하기까지는 꽃은 꽃으로서의 찰나의 생명이며, 꽃에서 '여름'이 열음될 때 '여름'은 신생(新生)이며, 꽃은 죽을 자요 죽은 자다.

사가 생의 성격적 일상면(一像面)인 동시에 생은 사의 근본적 특질이다. 이는 이미 노발리스(Novalis)의 단상에도 있는 말이다.

생(生)은 사(死)의 시초니라. 생은 사를 위하여 있나니라. 사는 종말인 동시에 시초니라. 사(死)를 통하여 환원은 완성되나니라.(『화분(花粉)』에서) 그러나 나는 노발리스를 한 걸음 넘어선다.

7.

나의 지금 찰나는 '영원의 현금(現今)'의 찰나는 항상 진지로운 완전이어야 하겠다. 그러나 나는 이 말이 윤리적으로, 너무나 고비(固鄙)된 윤리적 이돌 라(idola)에서 해석될 것을 두려워한다. 나는 우리의 조상(祖上)이 한껏 자유로워야 할 생명을 너무나 윤리적인 편견으로 속박지어 고사(枯死)시켜 버린 것을 항상 원망하는 자이다. 우리는 윤리적이기 전에 먼저 생명적이어야 하겠다. 자유로운 그 자체에 약동(躍動)하고 싶다. 생명을 잃은 윤리는 설대 악(惡) 이외의 아무것도 아니다. 과거의 위대한 예술은 이 윤리를 무시한, 무시보다도 애초에 생각도 않던 자유인의 손에서 산출되었다. 진정한 예술은 진정한 생명에서만 나올 수 있는 것이므로, 진정한 예술은 곧 진정한 생명 그 자체이다. 윤리는 항상 가식(假飾)과 위만(僞滿)을 곧 가져온다.

8.

예술을 유희(遊戱)같이 생각하는 사람이 누구냐. '유희'라는 말에 비록 '고상 한 정신적'이란 형용사를 붙인다 하더라도 '유희'에 '잉여력(剩餘力)의 소비'라는 뜻이 내재하고 있다면, 예술을 위하여 용서할 수 없는 모욕적 정의라 할 수 있다. 예술은 가장 충실한 생명의 가장 충실한 생산이다. 건실한 생명력에 약동하는 영원한 청년심(靑年心)만이 산출할 수 있는 고귀하고 엄숙한 그런 것이다. 한 개의 예술을 낳기 위하여 천생(天生)의 대재(大才)가 백세(百 世)의 위재(偉才)가 얼마나 쇄신각골(碎身刻骨)하고 발분망식(發憤忘食) 하는 가를 돌이켜 생각한다면, 예술을 형용하여 '잉여력의 소비'같이, '고상한 유희' 같이 말할 수 없을 것이다. 예술은 가장 진지로운 생명의 가장 엄숙한 표현 체(表現體)가아니냐.

9.
우리는 '성서(聖書)'를 가리켜 '위대한 예술'이라 할 수 있을지언정 '고상한 유 희'라고는 감히 못 할 것이다. 『로마법장(羅馬法章)』을 한 개의 '위대한 예술' 이라고 형용한 사람은 있어도 '고상한 유희'라 형용한 사람이 있음을 듣지 못하였다. 신의 천지창조는 한 개의 '위대한 예술적 활동'이라 형용할 수 있지마는 '고상한 유희'라고는 말할 수 없을 것이다. 예술은 생명과 같이 장엄하다. 진지하다.

10.

나는 지금 조선의 고미술(古美術)을 관조(觀照)하고 있다. 그것은 여유 있던 이 땅의 생활력의 잉여잔재(剩餘殘滓)가 아니요, 누천년간(累千年間) 가난과 싸우고 온 끈기 있는 생활의 가장 충실한 표현이요, 창조요, 생산임을 깨닫고 있다. 그러함으로 해서 예술적 가치 견지에서 고하의 평가를 별문제하고서, 나는 가장 진지로운 태도와 엄숙한 경애(敬愛)와 심절(深切)한 동정을 가지고 대하고 있는 것이다. 만일에 그것이 한쪽의 '고상한 유희'에 지나지 않았다면, '장부(丈夫)의 일생'을 어찌 헛되이 그곳에 바치고 말 것이냐.

애상(哀想)의 청춘일기

신량일기(新凉日記)

광풍(狂風)―
폭풍(暴風)―
쏟아지는 빗발에
여름이 쓸려 간 뒤에

회훌―
호로로―
가을이 몰려든다
하늘 높은 소리로

딱똑 딱똑
쓰르름 찍찍―
칠야(漆夜)를 서슴지 않고
이내 가슴에 가을이 든다.

이것은 지금으로부터 팔 년 전인 1928년 8월 26일의 일기의 한 구절이다.

그때만 해도 문학청년으로의 시적(詩的) 정서가 다소 남아 있었던 듯하여 이러한 구절이 남아 있다. 물론 지금은 이러한 정서는 그만두고 일기까지도 적 지 않는 속한(俗漢)이 되어 버렸다. 일기라 하여도 그때는 문예적인 일기였다. 그러므로 날마다 한 것이 아니요, 흥이 나면 멋대로 적는 일기였다. 예컨대, 동년(同年) 8월 30일에는 비가 온다. 가을의 바다. 버러지 소리가 높아졌다.

하였고, 동년 9월 1일에는
추풍이 건듯 불기로 교외로 산책을 하였다. 능허대(凌虛臺) 가는 길에 도공(陶工)의 제작을 구경하고 다시 모래밭 위에 추광을 마시니, 해향(海香)이 그윽이 가슴에 스며든다. 벙어리에게 길을 물어 가며 문학산(文鶴山) 고개를 넘으니, 원근이 눈앞에 전개되고, 추기(秋氣)가 만야에 넘쳤다. 산악의 초토에도 추광이 명랑하다. 미추홀(彌鄒忽)의 고도(古都)를 찾아 영천(靈泉)에 물마시

고 대야(大野)를 거닐다가 선도(仙桃)로 여름을 작별하
고 마니라.

하였다. 이곳에 '능허대(凌虛臺)'라는 것은 인천서 해안
선을 끼고 남편(南便)으로 한 십 리 떨어져 있는 조그마
한 모래섬이나, 배를 타지 않고 해안선으로 만 걸어가
게 된 풍치 있는 곳이다. 이 조그마한 반도(半島) 같은
섬에는 풀도 나무도 바위도 멋있게 어우러져 있고, 허
리춤에는 흰 모래가 규모는 작으나 깨끗하게 깔려 있
다. 이곳에서 내다보이는 바다는 항구에서 보이는 바다
와 달라서 막힘이 없다. 발밑에서 출렁대 이는 물결은
신비와 숭엄과 침울을 가졌다. 편편이 쪼개지는 가을
햇볕은 나에게 항상 정신의 쇄락을 도움이 있었다.

이 능허대로 이르기 전에 산기슭 바닷가에서 독 굽는
가마가 있었다. 물레 [녹로(轆轤)]를 발로 차고 진흙을
손으로 빚어 키만 한 독을 만들어낸다. 엉성드뭇하게
얽어 맞춘 움 속에서 만들어지는 질그릇에도 가을의 비
애가 성겨 있었다. 이곳에서 문학산(文鶴山)이란 고개를

넘기는 그리 어려운 것이 아니었으나, 가을 풀이 길어 길이 매우 소삽(蕭颯)하였던 모양이다. 이러한 곳에 서 한참 헤매다가 촌사람을 만나는 것처럼 기쁜 일이 또 어디 있으랴마는, 희망을 품고 물어본 그가 벙어리일 줄이야 누가 염두에나 기대하였으랴? 우연치 않은 곳에 서 인생의 적막과 신비를 느꼈던 모양이다. 가을의 비극, 인생의 애곡(哀曲)은 도처에 기대치 않은 곳에 흩어 져 있다. 인천을 옛저엔 '미추홀'이라 하였고 비류(沸流) 가 도읍하였던 곳이라 하므로, 이곳에 '미추홀'의 고도 (古都)를 찾는다 하였고, 영천(靈泉)에 물 마셨다는 것은 해안에 있는 약 물터의 약물을 두고 이름이요, 선도(仙 桃)로 여름을 작별하였다는 것은 그해 마지막의 수밀도 (水蜜桃)나 사서 요기를 한 모양이다.

지난날 내가 지금 같은 속한(俗漢)이 되기 전에는 밤잠 이 늦었다. 대개 오전 한 시 두 시까지는 쓰거나 읽거 나 자지를 않고 있었다. 이러한 때 멀리서 들려오는 개 구리, 맹꽁이, 두꺼비 소리가 항상 신량(新凉)의 맛을 먼저 가져오는 것 같다. 그 울음소리는 고요한 늦밤의 새파람을 곁 속에 숨게 한다. 이 바람이 스밀 때 정신은 점점 쇠락하여지나 가슴에는 비애의 싹이 돋기 시작하였다. 그때는 비애를 느끼고 적막을 느끼고 번민을 스스로 사는 것이 유일한 낙이었다. 즐거움은 번민하는 곳에 있다.— 낙재고중(樂在苦中)이라는 철리(哲理)를 스스로 터득하고 기꺼워하던 때도 이러한 밤중의 사막에서다.

가을은 논 속에서 개구리 소리를 타고, 밤이면 일어 든다. 검은 하늘의 맑은 별 눈에서 반짝이는 대로 새어 나와 자리 밑으로 스며든다. 이러한 때 고요한 마음으로써 불 밑에 앉아 글을 읽어라. 쓰기는 여름에 하고, 읽기는 가을의 신량 때라. 비가 오는 밤이면 더욱 좋다.

양력(陽曆) 정월(正月)

어느 나라이든지 한 해를 지나는 사이에 일 년의 생활
고(生活苦), 일 년간의 질시반목(嫉視反目), 일 년간의 이
해타산(利害打算), 이러한 것을 잊어버리고 밑이 빠지도
록 통쾌히 놀던 때가 있다. 이것은 일일이 예를 들지
않더라도 이미 누구나 아는 바이다. 수명(壽命) 백 년이
못되는 인생이 천년우수(千年 憂愁)를 항상 품고만 있다
면 이는 너무나 악착한 비극이 아닌가. 한 번이라도 이
적체(積滯)가 되어 있는 우고(憂苦)를 잊어버리고 통쾌히
웃어 보고 싶은 마음이 누구나 없지 못할 것이다.

과거에 우리도 남과 같이 웃고서 놀던 대동락(大同樂)의
축일(祝日)이란 것 이 있었다. 그 가장 쉬운 예의 하나
가 제야(除夜)의 종소리와 함께 시작되는 신정(新正)의
놀이였다. 일 년간의 모든 우수(憂愁)를 털어 버리고 일
년간의 모든 행락(幸樂)을 다시 가다듬고, 새로운 희망

과 기대를 품고서 서로 축복 하며 뛰놀 수 있었던 것이
신정의 기쁜 행사였다.

그러나 우리는 이 기쁨을 잃었다.
우리는 이 행복의 날을
대동여락(大同與樂)의 행복의 날을
다시 찾아야겠다.
한번 시름을 잊고 웃어 볼 날을 다시 찾아야겠다.

우리는 이 행운 된 날을 과거엔 태음력(太陰曆)으로서의
정월 초하루에 가졌다. 그러나 이 정월 초하루란 도대
체 어떠한 의미에서 나온 것이냐.

누구나 다 아는 바이지만, 우리는 지구 위에서 살고 있
는데, 이 지구란 가만히 있는 것이 아니요 공이 돌면서
굴러 돌아가는 것과 같이 태양을 중심 하여 자전(自轉)·
공전(公轉)하고 있는 것이다. 뿐만 아니라, 이 지구를
싸고서 많은 별과 달이 또 돌고 있다. 이러는 사이에
주야(晝夜)의 변(變)이 생기고, 조수(潮水)의 변화가 생기

고, 시절의 변화가 생기며, 따라서 자연의 이러한 변화 속에서 사람이 누만년(累萬年)을 사는 동안에 비교적 정확한 수(數)를 가지고 주기적으로 나타나는 자연현상에 대하여 시간관념이 서게 된 것이다.

이 주기의 현상을 갖고 나타나는 중에 미개시절(未開時節)에 가장 알기 쉬운 것은 일주야(一晝夜)의 주기율(週期律)이요, 그 다음으로 알기 쉬운 것은 달의 영휴(盈虧)의 주기율이요, 그 다음에 알기 쉬운 것은 성신(星辰)의 주기율이요, 그 다음에 알기 쉬운 것은, 예(例)하면 춘하추동(春夏秋冬) 같은 주기율이다. 예컨대, 일 년 중 주야가 거의 같은 날이 두 번 있으니, 춘분(春分)·추분(秋分)이 그요, 주(晝)가 가장 긴 때가 한번 있으니 이것이 하지(夏至), 밤이 그 중 긴 때가 한번 있으니 이것이 동지(冬至).

이와 같이 주기율, 그 중 작은 것은 일주야(一晝夜)요, 그 중 긴 것은 사절(四節)의 변화이다. 이 사절의 주기가 가장 긴 것인데, 이것은 지구가 태양을 중심하여 완전한 일공전(一公轉)을 하는 주기율과 근사치에 있다. 이곳에 일 년이란 관념이 나오는 것인데, 우리가 지금 말하는 일 년이란 이 지구가 완전히 일공전을 이룬 것을 말하며, 이 공전을 지구의 자전수(自轉數)로 제(除)한 365.2422라는 1년간 일수(日數)를 말하게 되는 것이다. 양력(陽曆)의 삼백육십오 일이란 이곳에서 나온 것이요, 그 나머지 0.422라는 것은 4년을 합치면 거의 일 일의 수가 조금 남으므로 이곳의 일 일을 다시 가산하여 사 년 만에 한 번씩 윤월(閏月)이란 것을 인위적으로 설정하고 있다.

그러나 음력(陰曆)이란 것은 지구의 일회공전(一回公轉) 속에서 지구의 자전 횟수를 산출해낸 것이 아니요, 달의 영휴(盈虧)의 주기율로써 지구의 공전을 제한 것이다. 그런데, 달의 영휴의 일주기(一週期)는 29.53059일이다. 이 이십 구 일반으로써 지구의 일공전수(一公轉數)를 제한 것이 곧 열두 달이 되는 것인데, 그러나 이것은 여러 날이 남게 된다. 그러므로 십구 년(年) 칠 윤(閏) 이란 것이 생겨 십구 년간에 윤월(閏月)을 일곱 번

놓되, 그날이 양력에서와 같이 하루만의 가입(加入)이 아니요 한 달의 가입이 된다. 이때 완전히 잉수(剩數)가 처리되는 것이 아니다.

이러한 역학(曆學)에 관한 문제는 이곳에서 장황히 설명할 수 없으나, 하여간 이 일공전주기(一公轉週期)를 달[月]의 지구에 대한 공전일수(公轉日數)로 써 제하게 되면 완전에 가까운 제수(除數)가 되지 않고 남는 날짜가 많게 된다. 그러므로 음력으로의 일 년이란 날수로 따지면 모자라는 일 년이다. 그런데, 양력으로 따지자면 양력에 월수(月數)라는 것은 소용이 없는 일이요(그러므로 양력에서 지금 쓰는 열두 달은 편의에 쫓아 열세 달로 하자는 의견도 나온다) 일 년이라는 것만은 비교적 완전수(完全數)에 가까운 일 년 날짜를 찾아 갖게 되는 것이니, 이것은 자연 사실에 가장 충실한 것이라 하겠다.

즉 삼백육십오 일이라는 날짜를 지나야 곧 지구의 일공전주기(一公轉週期)에 합쳐지며, 따라서 정당한 의미에서의 새로운 공전이 시작되는 새해라는 뜻이 완전히 성립되는 것이요, 음력에서와 같이 삼백육십 일만 가지고 지구의 새 공전이 시작되는 새해라고는 할 수 없는 것이다. 삼백육십 일만 가지고 새해를 맞이한다는 것은 결국 새해를 미리 맞이하는 것이니, 음력을 쓰던 옛사람들이 지금보다 조로(早老)했던 것이 이렇게 새해를 미리 맞이했던 것으로 농담이나 해석할 수 있다. 그러므로 조로하기 싫은 사람은 지금부터라도 양력을 쓰는 것이 득책(得策)일까 한다.

양력을 반대하는 사람은, 양력으로써는 절후(節候)를 찾을 수 없다 한다. 그러나 이것은 무식한 소치(所致)니, 절후란 것이 원래 지구가 태양을 중심하여 공전하는 자연현상에서 생긴 것이요, 월(月)과는 아무 관계없는 것이다. 월에 관계가 있는 자연현상으로선 조수(潮水)의 관계가 있을 뿐이요 절후란 관계없는 것이다. 우선 알기 쉬운 이십사후(二十四候) 중의 춘분(春分)·하지(夏至)·추분(秋分)·동지(冬至) 같은 것이 태양을 중심으로 설정된 것이다.

절후란 자연현상이 그대로 가지고 있는 것이요 그 시각(時刻)을 날짜로써 따질 뿐이니, 양력으로 찾는다는 것이 오히려 더 자세한 편이요 불가한 것이 아니다. 이는, 마치 개성(開城)에서 장단(長湍)까지, 장단서 파주(坡州)까지의 거리란 지면(地面) 그 자신이 가지고 있는 것이요, 우리가 재는 척도의 여하(如何)로 말미암아 변화되지 않음과 마찬가지다. 이 때 사용하는 척도가 세밀 하다면 세밀할수록 정확한 것이요, 크면 클수록 부정확한 것과 같다. 예하면, 우리가 시골길을 걸을 적에 보수(步數)로만 따져서 십 리요 이십 리요 하는 것이 매우 부정확한 데 대하여, 지도 표면에 나타난 평면거리(平面距離)와 고하거리(高下距離)의 가감(加減)에서 나오는 거리는 가장 정확한 것이 아닌가.

내가 이곳에 이러한 말을 하지 않더라도 양력이 가장 합리적이요 정확한 줄은 다 알면서도, 다만 관습이란 데 젖어서 그것을 벗지 못한다면 이것은 진보를 싫어하는 완명(頑冥)한 사람이라 아니 할 수 없다. 우리는 이 관습을 고칠 것이라면 반드시 속히 고쳐야 하겠다. 이리하여 잃었던 대동락(大同樂)의 호일(好日)이요 길일(吉日)을 하루라도 바삐 가져 삭막한 우리 생활에 한 점의 환희등(歡喜燈)을 밝게 켜 보지 않으려는가. 위정자(爲政者)도 덮어놓고 양력을 쓰라 주장치 말고, 양력·음력의 천문학적 의의를 밝혀 사리(事理)로써 정확한 지식을 일반에게 효유(曉諭)한다면 이런 것쯤은 속히 고쳐질 것이다.

이리하여 잃기는 하였으나 얻음이 없는 우리에게 얻음의 하루가 제일착(第一 着)으로 생겨날 것이다.

와제(瓦製) 보살두상(菩薩頭像)

나의 귀중품

① 품명—와제(瓦製) 보살두상(菩薩頭像).

② 가격—일금 삼십 전(錢).

③ 유래—1934년 다 늦어 가는 어느 모추(暮秋)의 저녁, 어떠한 여인이 와서 고물(古物)을 하나 사라고 내민 것이 흙으로 만든 이 불상(佛像)이다. 몸은 없고 머리뿐이요, 머리도 원상(圓像)이 아니라 반육부조(半肉浮彫)다. 길이 이 촌 구 푼 오 리, 폭 이 촌 오 푼, 결발(結髮)의 솜씨, 안면(顔面)의 조법(彫法), 묻지 않아도 고려불(高麗佛)이다. 얻은 곳을 물으니, 개성부청(開城府廳) 앞 냇가 모래자갈돌 틈에서라고 한다. 즉 고려대의 앵계천(鸚溪川)이니, 이 냇가는 봉선사(奉先寺)·미륵사(彌勒寺)에서 흘러나와 수창궁(壽昌宮) 민천사지(旻天寺地)로 흘러 나

가는 물이니 고려대 명찰(名刹)의 좌우 틈바구니에서 얻은 물건이다. "이십 전에 팔겠소?" 하니까 십전만 더 달라기에 서슴지 않고 삼십 전을 주고 샀다. 이것이 나의 귀중한 보물이 되어 있으니, 그 이유는 얻은 자리가 명백한 고적(古蹟)에서라는 것보다도 그 조형식(造形式)의 기이함에 있다.

대저 고려의 불상을 쳐 놓고 큰 것은 조분(粗笨)에 흐르지 않는 것이 없고 소상(小像)은 섬약(纖弱)에 흐르지 않는 것이 없다. 미술적으로 볼 만한 것은 실로 십지(十指)로 헤아릴 만하다. 그리하고 그 형식은 대개 신라대의 형식을 이어받고 다소 송(宋)·원(元)의 형식을 가미한 것이 통식(通式)이 되어 있다.

나마(喇嘛)의 영향을 받은 것도 물론 많아졌다. 그러나 눈의 표정이 한결같이 봉안(鳳眼)이라 하여 일자(一字)로 가늘고 긴 형식을 갖고 있는 것이 통식이 되어 있다. 그런데 이 보살상(菩薩像)의 눈은 삼각적(三角的)으로 크게 뜨고 있어 보살상으로 과도의 진에(瞋恚)의 표정을 하고 있다. 이러한 표정은 조선의 불상 중에서 보기 어려운 특색이요, 북만(北滿)의 요(遼)·금(金) 유지(遺地)에서나 얻어 볼 수 있는 형식이다. 그것을 나는 조선에서 얻어 가졌다. 실로 삼십 전으로 논지(論之)할 물건이 아니다. 요·금의 형식이라면 거란(契丹) 계통의 형식인데, 거란 계통의 형식이 고려조에 있게 된 것은 『고려도경(高麗 圖經)』에 설명되어 있다. ˮ赤聞契丹降虜數萬人 其工伎十有一擇其精巧者 留於 王府 比年器服盆工 또 듣자니, 거란의 항복한 포로 수만 명 중 기술이 정교한 자 열 명 중에 한 명을 공장(工匠)으로 골라 왕부(王府)에 머무르게 하여, 요즈음 기명(器皿)과 복장이 더욱 공교해졌으나ˮ 운운이라 하였지만, 불상에서 거란 형식을 찾을 수 있는 것은 아마 이것을 두고는 다시없을 것 같다. 오동갑(梧桐匣)에 솜으로 싸고 싸서 심심 하면 들여다보고 있다.

자인정(自認定) 타인정(他認定)

개인에게서 그 소위 자타인정(自他認定)이라는 특립(特立)된 존재가 되기는 단위 범주가 적으니만큼 비교적 용이한 일이라 하겠지만, 범위가 넓어져 가령 일국(一國) 문화(文化) 같은 것이 자타가 인정할 수 있는 특수한 성격을 보이게 된다는 것은 실로 난중난사(難中難事)라 하겠다. 예를 미술공예에서 든다면, 금번 도쿄서 황기(皇紀) 2600년 기념성전(紀念盛典)의 하나로 나라(奈良) 도다이지(東大寺) 쇼소인(正倉院)의 어물(御物)이 공개되었는데, 그 보물들이 과연 일본자신에서 제작된 것은 무엇 무엇이며, 기타 외국서 수입 전래된 것은 얼마나 되느냐 할 때, 쇼소인 어용(御用) 담당으로 다년(多年) 이 방면에 연구가 깊던 고(故) 이노우 신리(いのうしんり)의 해답에 의하면, "と うも 船來品が多くこざいます 수입품이 많이 있습니다."라 하였다. 그러나 문제는 이만 해답에서 만족되지 아니하고, 일본문화의 독자

성을 연구하려는 이는 그 중에서 일본 자신의 제작이 무엇 무엇일까 알고자 할 것이며, 조선 문화의 연 구자는 조선에서의 전수물(傳輸物)이 무엇 무엇일까 알고자 할 것이지만, 중국문화 연구자로선, 특히 중국인으로 볼 때는 거의 다 저의 손으로 된 것이라 하여 조일문화(朝日文化) 연구자들이 제각기 자기 본령(本領)의 산물을 찾고자 함에 반하여 제법 자고(自高)의 처지에 앉아서 웃고 있을 것이다. 즉 조일학자(朝日學者)는 네 것 내 것을 가리려 눈이 벌게 있는데, 중국학자는 '너 희들 싸움이야 어린애 짓이지' 하고 민소자약(憫笑自若)코 있을 것이다. 이 싸움에 하등 관계없는 제삼자적인 서양학자들도 조일학자들 간의 이 시샘은 있는지 없는지 모두 중국 산물로 인정하고 있을 것 같다. 그렇다면 이 조일학자 간의 싸움이란 어린애 소꿉장난 싸움 같은 것이요 싸움의 보람이 드러나지 않는다.

중국과는 도저히 싸움이 되지 않으니, 이야말로 누의(螻蟻)가 대목(大木)을 흔들려 하는 셈이 아닐까. 시대가 뒤지면 일본은 일본대로, 조선은 조선대로 문화의 특질이란 것이 점차로 엉클어져 중국문화에서 구별되는 것이 나타나지만, 또 문화의 종류에서 더 일찍이 형용되는 특질적인 것이 있고 더 늦은 특질적인 것이 있지만, 미술공예에선 적어도 신라통일대(新羅統一代), 즉 일본의 나라(奈良) 덴표대(天平代), 중국에서 당대(唐代)까지는 중국의 것에서 구별될 일본적인 것, 조선적인 것이 두드러지지 아니한 성싶다. 적어도 쇼소인의 유물이란 것을 중심하여 생각한다면 누구나 긍정할 수 있는 사실일까 한다. 쇼소인 유물 중에는 일본기년(日本紀年)이 기명(紀銘)된 것이 더러 있지만, 그 기년명(紀年銘)들이란 것이 그 물건의 조성(造成)을 말하지 아니하고 대개는 헌납(獻納) 인연의 세년(歲年)을 표시하는 것이 많으니, 일본기년명(日本紀年銘)이 있다고 곧 일본 제작으로 할 수 없으며, 또 기록에선 어떤 물건을 만들 적에 재료·물자를 황실(皇室)에서 하사한 것이 있으나 재료·물자는 비록 일본 것이라 할지라도 그 공장(工匠)이 반드시 일본 공장들이었는지 미심(未審)하다. 예컨대 당대(當代) 공장의 기록에 남은 것을 보면, 고구려·백제· 신라·당(唐) 등 제국(諸國)에서 귀화한 인물, 도거(渡去)한 인물이 적지 않다.

우선 쇼소인이 예속되었던 도다이지 그 자체의 건립에
서도 조사사관(造寺司 官)이란 사람이 고려조 신(臣) 복
신(福信)이라 한다. 물론, 이 한 사람이 오래 있었던 것
이 아니요 혹 다른 사람도 있었지만, 하여간 이와 같이
조사관(造 寺官)에 고려조인(高麗朝人)도 있었던 것이다.
화사(畵師)로선 신라인 복마려(伏馬呂)·반만려(飯萬呂)란
사람도 있다. 물건에 의하여, 예컨대 적칠문관목주 자
(赤漆文欟木廚子)라든지 기자합자(基子合子) 같은 것이
백제 의자왕(義慈王)의 진어(進御)란 것도 있고, 또 혹은
묵(墨)에 "新羅楊家造墨(신라양가조묵)"이란 제작명(製作
銘)이 있는 것도 있고, 명칭이 신라금(新羅琴)이니 고려
금(高麗 錦)이니 하는 것도 많다. 그러나 이렇게 두드러
지게 알 수 있는 것은 전수(全 數)에 비하여 몇백 퍼센
트의 하나도 못 된다. 일본의 학자는 일본의 학자대로
두드러지게 일본 제작인 것을 찾고자 하나 아직도 자타
가 공인할 수 있게 두드러지게 구별이 서 있지 않다.
즉 아직도 거의 중국 것이니라 해도 앙 탈할 수 없는

처지에 있다.

지금 세계적으로 풍미하고 있는 민족주의적 독자성의 발견(發見)·발양(發揚) 이 영향되어 민족 독자의 문화 특질이란 것을 고조(高調)하려 한다. 이것은 물론 불가능한 일이 아니요 사실에 있어 없지도 않은 일이나, 역사의 조류 사이에는 이 문화의 민족적 독자성이 확연히 구별되는 때도 있고 구별되지 않는 때도 있다. 구별되지 않는 것은 구별되지 않는 대로 그대로 역사의 전체적 풍모를 파악함이 진실로 역사의 객관적 파악이라 하겠는데, 문제를 이렇게 점잖이 처결(處決)치 아니하고 악착같이 그곳까지 파 들어가 구태여 나란 것을 내세우려 한다. 그야 물론 같은 형제간에도, 또 더욱이 남이야 전혀 구별키 어려운 쌍둥이 간에라도 상이점(相異點)을 구별하려 든다면 한 태양 아래도 같은 것이 없다는 격으로 어느 모로든지 다른 점이 보이기야 하겠지 만, 그렇게까지 하여 발견해낸 그 상이점이란 전체 가치관에 얼마만한 가치가 있을 것인가. 웬만큼 다른 것은 다른 것이라 구태여 내세우지 말고 '대동(大同)'으로 돌려보냄

이 대인(大人)의 풍도(風度)가 되지 않을까. 자타 공인이란 즉 보편성을 가진 곳에나 성립되는 것이요 또 대동성(大同性)에 있는 것 이니, 보편성 없는 소이(小異), 자타 공인되지 않는 소소가치(小小價値)의 소 이(小異) 쯤이야 문제 할 것이 무엇인가. 그것을 문제로 하려 드는 것은 결국 소인적 국축성(局蹙性)에 있지 아니할까. 쇼소인 어물(御物)에서 구태여 알 수 없는 조선 것이라는 것을 찾으려던 나 자신에 대하여 내 자신이 민소불금(憫笑不禁)이다. 가가(呵呵).

재단(裁斷)

산다는 것은 재단(裁斷)을 가하는 것이라 생각한다. 가령 자연에 인공을 가한 다는 것은 한 재단에 속한다. 그리고 자연에 인공을 가하는 것이 곧 인간의 생활상(生活相)이다. 인공을 가하지 않고선 인간의 생활이란 성립치 아니한다. 넓은 포백(布帛)을 새로 오리고 도림으로써 옷은 이룩된다. 그리스·인도의 키톤(chiton)과 같이 특별한 양식을 갖지 아니한 옷이라도 역시 어느 광폭장 척(廣幅長尺)만으로서의 재단을 받고 있는 것이다. 광장(廣長)에 무한된 것을 몸에 걸치고 있는 것이 아니니만큼 역시 재단을 받아 이룩된 것이라 할 것 이다. 그러므로 재단에 단위의 차별은 있을지언정 재단 없이 성립되는 인간 생활이란 없는 것이다.

예컨대, 자연 그대로의 풍치(風致)란 자연 그대로의 현상일 뿐이지 인간의 생활과 하등 관계없는 존재이다.

그것이 인간적인 재단을 받을 때 비로소 인간생활과 유기적인 관계를 이루고 있는 것이 된다. 질서·형식·방법·예절 등이 곧 이 재단에서 이룩되는 것들이다. 자연에 인공을 가하는 것을 기피하고 저 주하는 사람들이 있다. 이것은 곧 간접적으로 생활을 기피하는 사람들에 지나지 않는다. 자연으로의 회귀를 부르짖는다 해도 그곳에는 질서와 방법이 필요한 것이다. 무턱대고 회귀란 없는 것이다. 생명을 품수(稟受)한 이상 그에게는 의식적이건 무의식적이건 이 재단적 활동이란 것이 끊임없이 움직이고 있는 것이다. 재단적 능력을 의식적으로 살리는 사람이 자각적 인간이요 능동적 인간이요, 의식하지 못한다든지 내지 의식하고서도 회피하려는 사람은 생(生)을 곧 회피하는 사람이다.

그런데, 이 재단이 도를 지나치면 사치가 되고, 다시 그 도를 지나치면 파괴가 된다. 이곳에 재단에 다시 재단이 필요케 됨을 알 수 있다. 가령 일본의 화도(花道)에서 자연생 화초(花草)에 재단을 가한 것은 예도(藝道) 성립의 제일 요소로서, 일종의 자각적(自覺的) 활동이다.

이 재단에 다시 재단이 가해질 때 그때 화도라는 도(道)가 성립되고, 재단이 재단을 받지 아니하고 재단만을 위한 재단에 흘러 버릴 때 도(道)의 성립은 이룩되지 못하고서 자연 생 화초의 파괴란 것만 남게 된다. 포목(布木)을 가위질하는 것은, 재단이란 작용에 다시 또 다른 재단이 가해지지 아니하면 첫 번 재단은 재단만을 위한 재단, 즉 파괴로 떨어진다는 것이다. 민족에 따라서 이 첫 재단부터 기피 하는 민족도 있지만, 이 첫 재단에선 남달리 적극적이면서 제이(第二)의 재단에서 소홀한 민족이 없지 아니하다. 개인을 두고 말하더라도 은퇴적(隱退的)인 사람, 자고적(自高的)인 사람은 전자에 속하고, 세속적(世俗的)인 사람, 호사적(好事的)인 사람은 후자에 속한다. 둘 다 취할 바 못 됨은 다시 말할 필요가 없다.

전별(餞別)의 병(瓶)

고려청자의 일시정(一詩情)

'전별(餞別)의 연(宴)'이란 것이 있다. 따라서 '전별의 배(盃)'란 것이 있다. '전 별의 선물(膳物)'도 있고, '전별의 노래'란 것도 있다. 잊어버리고 있는 것은 오로지 '전별의 병'뿐이다. 그러나 '전별의 병'이라고 나 스스로 불러 보아도 귀에는 익지 아니하는 생경함이 있다. 확실히 그것은 생경한 표현이라 하겠지만, 그같이 이름을 달아 보아도 그럴 성싶은 것에 고려자기(高麗磁器)들이 있다. 모두가 세경(細鵛)의 나팔구(喇叭口)를 갖고 있는 주기형(酒器形)의 병으로 병견(瓶肩)까지 국화상감(菊花象嵌)을 놓았는데, 그 중의 하나에는 왕유(王維)의 「송원이사안서(送元二使安西)」의 시가 흑상감(黑象嵌)으로 기체(器體)에 각서(刻書)되어 있으니

渭城朝雨浥輕塵 위성(渭城)의 아침 비가 촉촉이 먼지 적셔

客舍靑靑柳色新 객사의 푸른 버들 그 빛이 새롭구나.
勸君更盡一杯酒 그대에게 다시 술 한 잔을 권하노니
西出陽關無故人 서쪽 양관으로 가면 친한 벗도 없으리.

이라 하였다.

다른 하나의 병에는 율조(律調)를 달리하는 오언(五言)들
이 적혀있지만, 그곳에는

何處難忘酒 어드멘들 술 잊기 어려웠던가.
靑門送別多 청문(靑門)에 송별도 허다했으니
斂襟收涕淚 옷깃을 여미고 흐르는 눈물 훔치니
促馬聽笙歌 말은 가자 재촉하고 생가(笙歌) 소리 들려오네.
煙樹霸陵岸 안개 낀 패릉(霸陵)의 그 물가에
風花長樂坡 바람 부는 꽃밭은 장락궁(長樂宮)의 언덕인가.

此時無一盞 이런 때에 한 잔 술이 없을 수 없어
爭奈去留何 갈까 말까 하는 마음 어이하리오.

라 하였다. '花'와 '留'의 두 자는 자체(字體)가 매우 이양(異樣)하여 확실하지 않으나 그보다 달리 읽어지지 않으며, '何' 자는 아주 지워져서 도대체 읽어 낼 수가 없으나 운(韻)이나 의미로 보아서 임시 추량(推量)으로 설명하려 한다. 지금 이 두 개의 병은 이상과 같이 모두 다 이별의 애정(哀情)을 노래하고 있다. 더욱이 그것이 다시 지워 버릴 수 없는 수법으로써 적혀 있다 할진댄, 그것은 일상의 즐거운 성연(盛宴)에서 또는 축복받을 향연(饗宴)에서 사용 되어서는 아니 되는, 다시 말하자면 전별의 슬픈 장면에서만 사용된 병으로서 특히 주의할 만한 것으로 생각한다. 즉 그것은 '전별의 병'이고, 우리가 일반으로 말하고 있는 저 '마상배(馬上杯)'란 것과 서로 관련된 것으로 보지 않으면 안 된다. 보내는 사람, 떠나는 사람 서로 모두 말을 몰아 고삐를 나란히 하면서 권하는 주배(酒杯), 거기에 술 붓는 이 병, 가는 이는 가자하되 떠나지를 못하고 남는 이는 남자하되 머무르지 못하니, 끊어야 할 이별의 기반(羈絆)에다 끊을 수 없는 정을 부어 넣는 것이 이 병이다. '위성(渭城)의 가(歌)'는 이때 잊어서는 아니 될 것이다.

芳草城東路 꽃다운 풀 자라난 성 동쪽 길과
疎松野外坡 성긴 솔밭 서 있는 들 밖 언덕에
春風是處別離多 봄바람 부는 이곳 이별이 많아
祖帳簇鳴珂 이별 장막 귀인 말들 모여 드는데
村暖鷄呼屋 따뜻한 마을엔 닭은 지붕서 홰치고
沙晴燕掠波 갠 모래밭에 제비는 물결 차며 날고
臨分立馬更婆娑 이별 임해 말 세우고 머뭇거리네.
一曲渭城歌 한 곡조 위성가 울리는 속에.

라고 고인〔故人, 익재(益齋) 이제현(李齊賢)〕도 읊었다.
예로부터 '청교송객(靑 郊送客)'은 송도팔경(松都八景)의
하나로서 정평이 있었다. 청교(靑郊)는 고려 도읍인 개
성(開城) 동외(東外)이다. '위성(渭城)의 병(瓶)'은 그리하
여 익재와 더불어 보아야 할 것이다. '하처난망주(何處
難忘酒)의 병(瓶)은 이보다 시대가 더 오래다.

何處難忘酒 어느 곳서 술 잊기 어려웠던고?
天涯話舊情 하늘 끝서 옛 정을 애기 나누니
靑雲俱不達 청운의 꿈 모두 다 못 이뤘는데

白髮遞相驚 백발은 바뀌어서 서로 놀라네.

二十年前別 스무 해 이전에 이별을 한 채

三千里外行 삼천 리 바깥에서 떠돌았으니

此時無一盞 이런 때에 한잔 술이 없다 하면은

何以敍平生 어떻게 평생 회포 풀 수 있겠나?

이라고 백향산(白香山)은 노래하였다. 이 조(調)가 고려에서 가장 유행한 것은 예종조(睿宗朝)였다. 예왕(睿王)의 「제곽여동산재벽시(題郭輿東山齋壁詩)」에

何處難忘酒 어느 곳서 술 잊기 어려웠던고?

尋眞不遇回 진인(眞人) 찾다 못 만나고 돌아가는데

書窓明返照 서재 창엔 저문 빛 되비쳐 밝고

玉篆掩殘灰 옥전 향은 시든 재만 덮이어 있네.

方丈無人守 방장실을 지키는 사람도 없고

仙扉盡日開 신선 문은 열어 둔 채 날이 저무네.

園鶯啼老樹 동산의 묵은 고목엔 꾀꼬리 울고

庭鶴睡蒼苔 뜰의 푸른 이끼에선 학이 조는데

道味誰同話 도의 맛은 뉘와 함께 얘기할 건가?

先生去不來 선생은 나가서는 아니 왔으니.

深思生感槪 생각 깊으니 감개가 생겨나는데

回首重徘徊 돌아보며 배회를 거듭하다가

把筆留題壁 붓 잡고서 벽에 적어 남겨 뒀지만

攀欄懶下臺 난간 잡고 더디 대를 내려가노라.

助唫多態度 시 읊으라고 풍광 운치 다양도 하고

觸處絶塵埃 접촉한 곳 속세 먼지 끊어져 있어

暑氣觸林下 더위 기운 숲 아래서 부딪치고서

薰風入殿陽 더운 바람 전각 굽이 불어 드는데

此時無一盞 이런 때에 한잔 술이 없다 하면은

煩慮滌何哉 번거로운 생각을 어떻게 씻나?

라 하였다. 즉 체(體)는 낙천(樂天)의 「하처난망주(何處難
忘酒)」조(調)에서 취 하고, 의(意)는 저 「심곽도사불우(尋
郭道士不遇)」에서 본받았다. 그 시에서 말하기를

郡中乞假來尋訪 고을에서 휴가 받아 방문하러 찾아오니

洞裏朝元去不逢 골짝 안에 노자 참배하러(朝元) 가서 못 만났네.

看院只留雙白鶴 사원 보니 다만 한 쌍 흰 학들만 남아 있고

入門唯見一靑松 문에 드니 오직 하나 푸른 솔만 보이는데
藥爐有火丹應伏 약화로엔 불씨 남아 단약 아마 굽는 게고
雲碓無人水自舂 구름방아 사람 없이 물만 홀로 찧고 있네.
欲問參同契中事 참동계 안에 있는 일들 묻고 싶지만은
未知何日得相從 모르겠네, 어느 날에 서로 종유하게 될 줄.

예왕(睿王)은 지존의 옥체(玉體)로서 도사(道士) 곽여(郭輿)를 찾았다. 그러나 선생은 어디로 갔는지 돌아오지 않았다. 도사가 돌아와 보니 보련(寶輦)은 이미 없었다. 인생의 서어(齟齬) 또한 이러하니 어찌 일시(一詩)가 없을쏘냐.

何處難忘酒 어느 곳서 술 잊기 어려웠던고?
虛經寶輦廻 임금 수레 헛걸음하고 돌리실 때지.

朱門追小宴 부잣집의 작은 잔치 참석했다가
丹竈落寒灰 신선 부엌 찬 재에 흩어졌구나.
鄕飮通宵徑 밤을 새워 향음을 파하고 나니
天門待曉開 새벽 되자 천문이 열리는구나.

杖還蓬島徑 막대 짚고 봉래도 길 돌아오는데
屐惹洛城苔 나막신엔 낙양성의 이끼 끼었네.
樹下靑童語 나무 아래 청의동자 말을 하기를
雲間玉帝來 "구름 사이 옥제께서 오시었어요.
鼇官多寂寞 한림원 관원들 다 쓸쓸해했고
龍馭久徘徊 임금 수레 오랫동안 배회하시다
有意仍抽筆 뜻 있으셔 붓 뽑아 시를 쓰시고

無人獨上臺 사람 없자 누대에 홀로 오르셨어요." 未能瞻
日月 임금님을 우러러 뵐 수 없으니 却恨向塵埃 세속에
나갔던 일 한스럽도다.

搔首立階下 머리를 긁적이며 계단 아래 서고
含愁傍石隈 시름 품고 돌 굽이에 기대 있노라.

此時無一盞 이런 때에 한잔 술이 없다 하면은
豈慰寸心哉 어떻게 작은 마음 위로하리오?

라고 운(韻)에 화(和)하여 드렸다. '하처난망주의 병(瓶)'

은 곧 이 풍류의 영체(詠體)에 의한 것이다. 본래 향산(香山)은 이 체를 가지고서 회회(回會)를 노래하였다. 그런데 같은 체를 갖고서 고려인은 별리불봉(別離不逢)의 애정(哀情)을 읊고 있다. 이(離)와 회(會), 이(理)로 보아서는 별(別)이 있으나 무상(無常)을 슬퍼하는 그 정(情)에서는 차이가 없다. 정에 있어 차이는 없다 하지만 이(理)에 있어 별(別)은 있다. 시체(詩體)에는 차이가 없지만 시실(詩實)에는 상이(相異)가 있다. 체(體)와 실(實), 이(離)와 회(會)가 전전윤회(轉轉輪廻)하여 상즉상리(相卽相離), 이회(離會)의 묘취(妙趣)가 이곳에도 나타나 있다. 예술이 갖는 묘미일 것이다. 예술이 갖는 이취(理趣)이기도 하다. 참으로 존귀한 것은 예술이다. 이것은 고려 청자의 시정(詩情)의 하나이기도 하다.

〔「위성가(渭城歌)」의 병(瓶)은 대구 오쿠라 다케노스케(小倉武之助) 씨의 사 장품(私藏品)이 되고 「하처난망주(何處難忘酒)」의 병(瓶)은 국립박물관에 진열되어 있다.〕

정적(靜寂)한 신(神)의 세계

삼매경(三昧境)

어둔 밤, 무섭게 어둔 밤, 비바람에 회오리쳐 떠나가는 낙엽 소리가 소연(騷 然)한 밤, 산을 뚫고 땅을 파는 모든 악령이 이 천지를 뒤집어 놓을 듯이 소연한 밤이 깊고 어두운 밤에 수도원을 찾아올 사람이 없건마는, 비바람에 섞 여가며 여자의 애원성(哀怨聲)이 두터운 수도원의 문틈으로 밀려 쓸어 들제 — 그는 이미 오래인 과거의 육욕적(肉慾的) 생활은 청산하고, 청산하려고 이 깊은 외로운 조그만 암자에서 홀로 도를 닦고 있었으나, 그러나 모든 것은 청산할 수 있었지만, 아직도 육(肉)을 멀리 떠나지 못하고 육욕(肉慾)을 깨끗이 청산치 못하고 악마와 같은 그것과 비참하게 매일같이 싸우고 있는 그에게, 조그만 암자에 비록 비바람 소리에 부르는 소리는 약하게 들린다 하더라도 그 음성에서 상상되는 젊은 여인—그 육(肉)—, 그는 무서움에서 떨지 않을

수 없었다. 가슴은 두근거리고, 몸은 뻣뻣하여 버리고
말았다. 그는 주문과 같이 성경(聖經)의 일절(一節)을 외
우고 있었다. 밖에서는 구원의 소리가 절박하게 들려온
다. 그는 문을 열지 않을 수 없게 되었다. 그는 지금에
서는 사람을 구한다는 것이, 더욱이 젊은 여성을 구한
다는 것이 죄악을 짓는 것과 같이 무서웠다. 그의 굳어
진 사지(四肢)는 몽유병자 모양으로 부르는 소리에 무의
식중에 끌려 나아가 무거운 문을 열었다. 그때 몰려드
는 비바람에 문 안에 뛰어든 여성, 그 여성에게서 내어
뿜기는 냄새—향기—, 그는 예상하고 있었으나, 오랜 동
안 이 수도원에서 혼자 싸우고 다투고 괴로워하고 있던
그 실적(實賊)이 엄습함에 기색(氣塞)하고 말 지경이었
다. 그는 그의 본심적(本心的) 심욕(心慾)을 억제하기에
필사의 노력을 하였다. 그는 그의 심약(心弱)을 극복하
기에 성구(聖句)에 매달려 허덕이었다. 더욱이 그 여성
은 우연한 미로에서 자연스럽게 한밤의 잠자리를 구(求)
한 것이 아니었고, 계획적으로 이 수도승을, 과거에 번
치있게 세간(世間)의 향락을 꿀같이 맛본 일이 있는 이
산 간(山間)의 은사(隱士)를 다시 속계(俗界)로 끌어내리

려고 침습(侵襲)한 것이다. 그러므로 여자가 파렴치를 차릴수록 수도승의 번뇌는 컸다. 그는 여자에 게 따스한 페치카를 내어 주고 다른 방으로 몸을 피하였다. 그는 혼자서 십자(十字)를 긋고 성구(聖句)를 외웠다. 아마 이와 같이 열성으로 전심신(全心身)으로 십자를 그어 본 적도 평상(平常)에 없었을 것이요, 성구를 외워 본 적도 평생에 없었을 것이다. 그것은 여자 편에서 보기에는 그의 인간으로서 본능적 약점을 보이고 있는 사랑스러운 번민이었다. 구두를 벗는 소리, 양말을 벗는 소리, 윗옷을 벗는 소리, 속옷을 벗는 소리, 맨발로 방을 돌아다니는 소리—벽을 격하여, 문을 격하여 쇠망하게 들려오는 육(肉)의 소리, 육의 냄새는 수도승에게는 실로 너무나 벅찬 유혹이었다. 벅찬 유혹은 벅찬 호흡을 요구하였고, 벅찬 호흡은 과도한 독경(讀經)의 소리, 과도한 주문의 소리로 변하였다. 그것을 들을수록 여자는 승리의 미소를 띠었다. 승리는 항상 사람에게서 염치라는 것을 빼앗아 간다. 절제와 예절을 빼앗아 간다. 여자는 기어코 수도승을 불렀다. 그 소리에는 음색(淫色)이 누렇게 물들었을 것은 물론 이다. 방금 죽어 넘어갈 듯이 가병(假病)을 꾀 삼아 수도승을 불러 끌었다.

승(僧)은 그것이 자기를 유혹하고, 자기를 환속(還俗)시키려는 가식(假飾)의 수단인 줄 알면서도 부름에 끌려 나가지 아니할 수 없었다. 그러나 그에게 무서운 결심―괴로움을 억제하려고 자제의 수단이 문 앞에 있던 도끼, 나무를 패기 위한 도끼에 있다. 그는 자기의 마음을 극복하고, 자기의 몸을 억기(抑己)하고, 자신 속에서 광답난무(狂踏亂舞)하고 있는 악마의 도량(跳梁)을 누르기 위하여 도끼를 들어 자기 손을 찍어 버렸다. 법의(法衣)에 피를 묻히고 말았다.

이것이 지금으로부터 십육칠 년 전 중학(中學)에 처음 입학하던 해 차 속에 서 매일같이 읽던 톨스토이의 「은둔(隱遁)」이란 소설의 기억이다. 그때 어느 상급학교에 다니던 연장(年長)이던 통학생은 내가 조그만 일개 중학 일년생으로 이런 문학소설을 읽고 있는 것이 매우 건방져 보였던지, 또는 부담스러워 보였던지는 모르나, 그것을 읽어 아느냐는 물음을 받던 생각이 지금도 난다. 지금 생각하니, 그것은 도키 아이카(土岐哀果)가 번역한 단행본이었고, 그 때 얼마 아니 되어 그 책은 어느 친구에게 빼앗기고 말았다.

오늘, 끝없이 맑고 맑은 창공에 저 산을 넘고, 내를 끼고, 들을 덮어 길 넘는 뜰 앞의 풀 덤불을 스치며 기어드는 금풍(金風)을 가슴으로 맞이하며 톨스토이 작품집에서 「신부(神父) 세르게이」〔(이와나미본(岩波本) 12집〕를 찾아 다시 읽어 보았다. 휘몰아 읽다가, 벅차면 코스모스에서 눈을 쉬고, 다시 읽다가는 이름 모를 청화(青花)에서 숨을 쉬다가 얼마 아니하여 독파(讀破)하고 보니, 인상은 다시 새로웠다. 사실, '알겠느냐'고 물음을 받을 만큼 기억하고 있던 당시 인상은 이야기로서의 일절(一節)의 기억에 불과한 것이었고, 작품의 정신을 기억하고 있던 것은 아니었다. 스토리에도 다소의 상위(相違)를 발견하였지만 그것은 문제가 아니요, 수법기교(手法技巧)에도, 예컨대 「부활(復活)」의 결말과 비슷한 서백리아(西伯利亞)로의 출분(出奔), 신을 찾아서 모든 속세적 인연을 던져 버리는 장면 등 재미있는 특성을 발견할 수 있었으나 그것도 문제가 아니요, 신을 얻기 위하여 무아(無我)에 철(徹)하고, 신을 보기 위하여 몰세간적(沒世間的)이 되고, 몰명문적(沒名聞的)이 되는 등 동양적 정신, 특히 불교적 정신이 힘차게 표현되어 있던 곳에, 소설이란 것보다도 한 개의 종교적 이설(理說)을 읽고 있는 감이 있다. "인간에 섞이어 속세간적(俗 世間的) 때문에 생활하는 자에게는 안심이 없다. 안심은 사람이 사람 사이에 섞여 가면서 신에 대한 봉사를 위하여 생활할 때에 비로소 있게 되는 것이 다"라는 것이 톨스토이가 이 소설의 집필 당시에 발초(拔抄) 중에 쓴 일절이 라고 해제(解題)되어 있지만, 나는 이 소설의 플롯에서 '신(神)에 대하여 충실(忠實)될 방법'과 '불(佛)에 대하여 충실될 방법'이, 하나는 톨스토이를 통하여, 다른 하나는 이규보(李奎報)를 통하여 설복(說服)이 되어 있는 것을 발견하고, 성(聖)된 것에 대한 공통된 심리를 보았다. 신부(神父) 세르게이가 신을 찾기 위하여 전후(前後) 이십 년을 두고 고심참담(苦心慘憺) 하였으나, 결국은 무지 문맹(無知文盲)의 한 농촌의 노부(老婦) 파셴카에서 '신에 충실할 방법'을 얻어 배우고 신을 다시 찾기 위하여 길을 떠났지만, 『이 보문집(李奎報文集)』 권 25, 「왕륜사장륙금상영험수습기(王輪寺丈六金像靈驗收拾 記)」에도 이러한 이야기가 있다. 〔번역을 하면 제한 매 수가 너무 초과될 흠이 있기로 본문을 잉용(仍用)한다〕

崔侍中精安 常痛敬丈六像 以其宅之在寺之南隣 故每上官之時 則到寺門 輒下 馬禮拜而後去焉 及退公則至朝宗門 又下馬再拜 步過寺門然後騎焉 凡所得新物 先奉之而後敢嘗 又往往造于堂 手煎茶供養 如是者久焉 忽夢丈六告曰 汝事我誠 勤矣 然不若寺之南里鷹揚府老兵之歸心也 公明日使人尋其家 果有一老兵在 焉 公親往訪之問曰 聞汝之常敬某寺丈六 信然耶 其敬之也又別作何般耶 對曰 老僕 自中風莫興凡己七年矣 但晨夕聞鐘聲則向其處合掌而己 安更有餘事哉公曰 如是則老夫所以事佛者 其不若汝誠之至矣 由是大重其人 每受祿 輒以一 斛賜之云云.

시중 최정안〔최당(崔讜)〕이 늘 장륙상을 공경했다. 그 집이 절 남쪽 이웃에 있었으므로 매일 등청할 때마다 절문에 이르면 말에서 내려 예배한 후에 갔으며, 퇴청

할 때 조종문에 이르면 또 말에서 내려 재배하고 걸어서 절문을 지난 후에 말을 타곤 하였으며, 신물(新物)을 얻으면 먼저 불상에 바친 후에 먹었다. 또 이따금 금당에 가서 손수 차를 끓여서 공양하기도 하였다. 이렇게 하기를 오래 계속하자, 어느 날 꿈에 장륙상이 이르기를, "네가 나를 섬기는 것이 참으로 성실하지만 남쪽 마을 응양부에 사는 늙은 병사가 진심으로 사모하는 것만은 못하다" 하였다. 공이 이튿날 사람을 시켜서 그 집을 찾게 하였더니 과연 한 늙은 병사가 있었다. 공이 친히 가서 찾아보고 묻기를, "들으니 네가 항상 아무 절의 장륙상을 존경 하다는데 정말이냐? 그 존경하는 데는 어떠한 일을 특별히 하느냐?" 하니, 대답하기를, "늙은 제가 중풍 때문에 일어나지 못한 지가 무려 칠 년이나 됩니다. 다만 새벽과 저녁에 종소리를 들으면 그곳을 향하여 합장할 뿐입니다. 어찌 다시 다른 일을 함이 있겠습니까?" 하였다. 공이 말하기를, "그렇다면 늙은 내가 부처 섬기는 것은 성의가 너만큼 지극하지 못하다" 하였다. 이로부터 그 사람을 매우 존중하고 녹봉을 받을 때마다 일 곡(斛)씩을 그에게 주었다고 한다.

이것은 마치 신부(神父) 세르게이가 신을 찾지 못하고 죽으려고까지 하다가 비몽사몽 간에 "파셴카에게로 가거라. 그래서 네가 이제로부터 어떻게 할 것 인가, 너의 죄는 어디 있는가, 너의 구함이 어디 있을까를 배움이 좋을 것이 다"라는 신탁(神託)을 받고 파셴카를 찾아간 세르게이의 문답,

"파셴카, 그래 당신은 교회는 어떻게 하고 있소?"

"머, 그것은 묻지도 말아 주세요. 무어라 죄스럽습니다. 아주 게을러져 버렸어요. 아이들하고 같이나 되면 단식도 하고 교회에도 가지만, 그렇지 않으면 한 달이라도 안 가는 때가 있어요. 애들만은 보내지요."

"어째 당신만 안 가시오?"

"실상은 누더기 입고 가면 딸이나 손자들 보이기에 부끄러워서요. 대체 새 옷이 있어야지요. 그리고 대체 게을러졌어요."

"그러면, 집에서나 기도를 하오?"

"그건 합니다. 그러나 그것도 시늉뿐이죠. 그래선 안 되겠다고 생각도 하지만 어디 진정 맛이 나야지요. 그저 제 못생긴 것만 알고 있죠."

이것은 신탁으로 지시된, 이십 년 적공(積功)한 신부(神父)가 받은 한 농촌 노부(老婦)의 신신법(信神法)이다. 그는 물론 이 노부의 전후 행동을 종(綜)하여〔소설적으로 그것이 서술되어 있으므로, 이곳에다 잉용(仍用)치 않는다〕, 한 개의 진실로 '신에 충실될 방법'의 계시를 받았다. 그리하여 그는 모든 것을 던져 버리고, 신을 찾아 서백리아(西伯利亞)로 가고 말았다.

지방에서도 공부할 수 있을까

1937년의 일. 저자는 조(朝)·중(中)·일(日) 삼국 간의 왕 년의 미술사적 교섭을 생각하고 있던 여말(餘沫)로서 일 본 화승(畵僧) 철관(鐵關)과 중암(中庵)과의 일을 당시 동 경미술연구소(東京美術硏究所) 발간인 『화설(畵說)』에 발 표한 일 이 있었다. 철관의 회화는 이미 원(元)의 연도 (燕都)에서 고려 충선왕대(忠宣 王代)의 익재(益齋) 이제 현(李齊賢)이 거장(巨匠) 주덕윤(朱德潤)과 같이 품평을 가하고 있으나, 그 후 조선조 안평대군(安平大君)의 장 화품(藏畵品) 중에도 수장될 만큼 명물이었고, 석(釋) 중 암은 공민왕(恭愍王) 8년 이십오 세의 나 이로서 고려에 들어와 개도(開都)의 산사(山寺)에 주(住)하여 고려 말 사인(士 人) 간에 응수(應酬)도 많았고, 백의선(白依仙) 전신(傳神) 등을 가장 득의로 하였으며, 더욱이 〈기우자 도(騎牛子圖)〉를 남겨 영명(令名)이 있었고, 보법사(報法 寺) 재선사(齋禪師) 수장(收藏)의 『황벽록(黃蘗錄)』을 수

각반포(手刻頒布) 하는 등 가지가지의 활약이 있어서 저 일본 수묵화의 개조(開祖)로 일컫는 슈분(周文)의 내선(來鮮)에 앞서기 한 세기 전에 화사(畵事)로 인한 교섭이 있었음을 말한 일이 있다. 필요한 문헌을 거의 좌우에 갖지 못하고 문헌차람(文獻借覽)의 편의도 없는 시골 칩거(蟄居)의 몸으로서 이만한 발명에도 상당한 고심을 다한 것이었으나, 드디어 저 중암의 말절(末節)을 밝힐 수는 없었다. 그런데 『전반소선사(全般朝鮮史)』를 펴서 조선 태조(太祖) 원년(元年)의 기록을 보고 있는 사이에 『선린국보(善隣國寶)』 권상(卷上)에 메이도쿠(明德) 3년, 젯카이 추신(絶海中津)의 찬(撰)으로 된 아시카가(足利) 정이장군부(征夷 將軍府)의 조선에의 답신 중 승(僧) 수윤(壽允)이란 자가 있어 이 문서를 조 선에 갖고 와서 왜구조치(倭寇措置)의 사실에 관한 구진(具陳)의 역(役)을 당 하고 있음을 보니, 여기 다시 중암의 후일담을 철(綴)하게 될 성싶었다.

생각건대, 고려 말의 이승인(李崇仁)·이집(李集) 등의 제자(諸子)의 문집에는 일본 승 중암을 전하고 있음에 불과하나, 중암을 위하여 많은 찬(讚)·서발(序跋)·문(文) 등을 남긴 이색(李穡)의 『목은집(牧隱集)』에는 석(釋) 윤중암(允中 庵)이라 있고, 권근(權近) 『양촌집(陽村集)』에는 다시 "중암(中庵)은 일본 석 중암"이라 하였고, 이능화(李能和)의 『조선불교통사(朝鮮佛敎通史)』에 잉용(仍用)된 『태고화상집(太古和尙集)』에는 석윤(釋允)을 수윤(壽允)에 의하고 있어 수(壽), 수(守) 어느 것이 옳은지는 소홀히 정할 수 없으나, 실은 동일의 중암(中庵)의 사실을 말하고 있는 것이다. 중암이 고려에 온 것은 공민왕 8년 이십오 세 때, 중암이 태고화상(太古和尙)에게 호(號)를 가지고 찬(讚)을 구한 것이 사십이 세 때, 메이도쿠(明德) 3년은 중암의 오십팔 세 때이고, 고려가 멸하고 조선조가 시작되던 바로 그 초년(初年)이었다. 즉 그는 여말(麗末)에 일단 일본으로 돌아갔다가 조선 초 장군부(將軍府)의 문서를 갖고 내한한 것 이다. 그가 고려에 머물러 있던 것은 대체로 이십여 년, 일본에 돌아가서의 수(壽)는 밝힐 수 없지만 다시 십 수 년의 수(壽)를 보유하였으리라고 상상할 수 있다. 그렇다면, 그의 전(傳)이나 화적(畵跡)이 적어도 오산(五山)의 문중(門中)에는 어디인

지 있을 법도 하지만 인삼(人蔘)만의 도시〔개성(開城)〕에
서는 도무지 어찌할 도리가 없다.

교토(京都)의 쇼코쿠지(相國寺)에는 젯카이(絶海) 찬(讚)의
국보 〈강산모설도(江山暮雪圖)〉가 있는데, 전문대가(專門
大家) 등 사이에는 조선화(朝鮮畵)로 지목받고 있다. 찬
(讚)에 연월(年月)을 결(缺)하고 있으나 젯카이는 오에이
(應 永) 13년에 죽었다. 메이도쿠 3년부터 십사년 뒤였
다. 따라서 이 그림은 마땅히 오에이 13년 이전의 것이
되지 않으면 아니 된다. 과연 이것이 조선화라 고 한다
면, 고려 말이나 조선조의 아주 초기(오에이 13년은 조
선왕조 개국 14년에 해당한다)에 해당하는 작품으로 된
다. 이만큼 연대가 오랜 수묵화는 조선에는 현존하지
않는다. 여기에 중암의 사적(事跡)은 조(朝)·일(日) 간의
미 술교섭사상(美術交涉史上) 더 많은 비약(祕鑰)이 있을
것만 같이 생각된다.

명필(名筆) 『프랑스 통신(フランス通信)』으로써 이름 높
은 다키자와 게이치(瀧澤敬一) 씨는 이와나미(岩波)의 도

서(圖書)에서 「불국대학도서관의 에스오에스(佛國大學圖書館の S.O.S.」에 1819년 에른스트 르낭(Ernst Renan)의 연제(演題)라 하여 '지방에서도 공부할 수 있을까?(Peut-on travailler en province?)'라고 있던 것을 모두(冒頭)하고 있다. 연래(年來), 필자만이 문화의 도시집중주의(都市集中主義)를 원망한 듯이 느껴 오던 중, 다만 나 한 사람만 이 아니고, 또 일본만의 현상도 아닌 것 같다. 그렇다 하여 그런 동병(同病)의 존재가 스스로의 위로가 될 이유로도, 단념해 버릴 자료로도 될 수 없는 것이다. 한곳으로의 문화의 집중은, 과거는 모른다 하더라도 문화의 균등, 국가 실력의 균등한 발전을 필요로 하는 현재 및 장래에는 마땅히 국가정책 중의 중요한 한 과제로서 고려되지 않으면 안 될 문제라고 생각한다.

도시집중주의가 얼마나 많은 폐해를 가져오는 것인가는, 비근한 예이지만 오늘의 서울의 저 혼잡함이 무엇보다도 생생하게 말하여 준다고 할 것이다.

머리만 큰 개물생체(個物生體)의 존재를 탄(嘆)하기 전에 심장만이 팽창하여 이제라도 파멸할 두려움이 있는 사회 형태를 먼저 탄(嘆)할 수 있는 사람만이 진정한 의미에서의 지도자의 이름에 상치(相値)하는 바라고 하겠다. 이상 "석포정(釋庖丁)하여 급양생(及養生)"한 셈이라고나 할까.

참회(懺悔)

마사무네 하쿠초(正宗白鳥)는 언젠가 참회무용론(懺悔無
用論)을 말한 적이 있다. 이와 같이 괴로운 것이 없고
또 불리한 것이 없다는 것이 요지였던 듯하다. 참회는
사실 어려운 노릇이나, 그로써 속죄가 되는 것일까는
의문이다.

나 자신 참회한 죄장(罪障)은 이 고통을 잊어버리고 있
으니, 그렇지 못한 것은 마음 한구석에 항상 검은 고통
의 그림자를 남기고 있다. 더욱이 여러 사람이 관련케
되는 것은, 참회로 말미암아 나 자신은 시원해진다더라
도 죄 없는 여러 사람에게까지라도, 오히려 청백(淸白)
한 그 사람에게 근심의 뿌리를 받게 된다면 이것은 속
죄가 아니요 가죄(加罪)라 할 것이다. 그러나 능히 참
회할 수 있는 사람은 크다. 루소(J. J. Rousseau)는 사
실 크다 하겠으나, 그러나 또한 그로 말미암아 그의 난

륜(亂倫)·패륜(悖倫)·부도덕(不道德)이 얼마나 그와 그 주위의 사람을 불행케 했을고.

속죄는 반드시 참회에만 있지 않을 것이다. 고통의 중압에 심장을 썩혀 죄 장의 인과를 받으면서라도 비밀히 간직함이 속죄의 한 방편이 되지 아니할 까.

그러나 문학자(소설·극, 기타 언어 표현을 요하는 예술가)의 불행이란 이 곳에 있다. 주관에 충실된 묘사가 참회의 일종이라면(이것은 객관적 문학이나 주관적 문학이나 간에 공통된 요건이다), 참회 없는 문학이란 성립될 수 없고, 문학다운 문학을 낳자면 참회할 만한 사실을 가져야 할 것이니, 그렇다 면 문학가는 그 문학의 조성을 위해 자꾸 죄를 지어야 할 것이다. 즉 문학자는 죄인이 되어야 한다. 위대한 문학자가 되려면 할수록 흉악한 죄를 자꾸 범해야 한다. 영원한 죄인이 됨으로써 영원한 작품을 남길 수 있을 것이니, 사실로 작가는 불행하다. 교회사(敎誨師)도, 도덕가도, 그리고 영리한 사람도 예술가의 자격은 없다. 게다가 도덕적으로 불행

했던 까닭에 예술가로서 컸다.(죄는 행동에만 있지 않
다. 마음이 범하는 죄가 오히려 무한히 크다)

평생아자지(平生我自知)

'평생을 아자지'라는 말이 나로선 매우 알기 어렵다. 어찌 보면 나 자신을 내가 가장 잘 알고 있을 것 같고 또 알고 있는 것이 의당사(宜當事)일 것 같은 데, 다시 생각하면 나 자신을 내가 가장 알 수가 없다. 이것은 상식적 도덕적 견해에서가 아니라, 현실적으로 그러하고 심리적으로 그러하다. '평생을 아자지'라 단언할 수 있다면 그 사람은 행복한 사람이다. 그러나 또 얼마나 불행하랴. 나 자신을 몰라서 불행하고, 또 그러기에 행복될 것과 다름이 없는 경지일 듯하다.

이 말의 설명은 사족이겠지만, 어느 좌석에서 나는 끝을 속히 낸다고 나를 그린 적이 있다. 그러나 이것을 들은 이는 내가 종법(終法)을 수습하고 마는 정력가·열정가 같이 취택(取擇)된 것 같다. 이것은 확실히 잘못된 해석[설해(說 解)]이었고, 또 나 자신을 잘못 표현한 것이었다. 종법을 속히 낸다는 것은 정당한 종법을 얻었거나 말았거나 설렁대다가 막음해 버리고 만다는 것이다.

그러나 이 표현도 나를 그대로 그리지는 못했다.

〔이 글은 청강(靑江)과 동행하신 김공(金公)께 드리오.〕

학난(學難)

내가 조선미술사(朝鮮美術史)의 출현을 요망하기는 소학
시대(小學時代)부터였다고 생각한다. 그것이 내 스스로
의 원성(願成)으로 전화(轉化)되기는 대학의 재학 시부터
이다. 이래'창조(創造)의 고(苦)'는 날로 깊어 간다. 동양
인의 독특 한 미술품에 대한 골동적(骨董的) 태도는 조
선의 미술품을, 그리 많지도 못한 유물(遺物)을 은폐시
켜, 세상의 광명을, 학문의 광명을 받지 못하게 하는 한
편, 무이해(無理解)한 세인(世人)의 백안시적(白眼視的)
태도들은 유물의 산일(散逸)뿐이 아니라 학구적 열정의
포기까지도 조장(助長)하려 한다.

물론 그곳에는 세키노(關野)씨의 물품목록적(物品目錄的)
미술사가 있었다.

그것은 한 재료사(材料史)로서의 가치를 충분히 갖고는

있다. 그러나 그것이 곧 미술사가 될 만한 것은 아니다. 독일 신부(神父) 에카르트(A. Eckardt) 씨의 민족감정(民族感情)에 허소(許訴)하려는 비락구적(非學究的) 조선미술사가 또 하나 있다. 그러나 그 역시 그것이 어떠한 예거(例擧)를 OO지 간에, 감사 한 일존재(一存在)임에 불과할 따름이다.

문제는, 다만 이러한 유물 그 자체의 수습(收拾)과 통관(通觀)뿐에 있지 아니 하다. 뵐플린(H. Wölfflin) 일파가 제출한 근본개념과 리글(A. Riegl) 일파가 제출한 예술의욕과의 환골탈태적(換骨奪胎的) 통일원리와 프리체(V. M.

Friche) 일파의 역사적 사회적 배경을 이미 후지와라(藤原) 씨가 지적한 바와 같이〔중국의 육법론(六法論)은 평가의 기준이요 사관(史觀)의 기준이 아니 된 다〕, 그 기계론적(機械論的) 사회보다도 변증적(辨證的) 이과(理果)를 어떻게 통일시켜 적용해야 할까! 이는 방법론적 고민이다.

뿐만 아니라 미술의 배경을 이룰 역사의 그 자체에 참고할 만한 서적(書籍)이 없다. 근래의 운명론적(運命論的) 관념론적(觀念論的) 침략사적(侵略史的) 서술은 하등 소용이 아니 된다. 〔그러나 근자에 백남운(白南雲) 씨의 『조선사 회경제사(朝鮮社會經濟史)』는 제목만이라도 대단한 기대를 준다.〕 다시, 이러 한 토대적(土臺的) 역사의 출현만도 아니다. 조선 사상(思想)의, 특히 불교의 교리판석(教理判釋)과 체계경위(體系經緯)를 서술한 자를 갖지 못하였다. 미술사를 다만 형식변천사(形式變遷史)로만 보지 않으려는 나의 요구는 이와 같이 망양(茫洋)하다.

따라서 득롱망촉적(得隴望蜀的) 야심이라고, 또는 당랑거철적(螳螂拒轍的) 계획이라고 지탄을 받을는지 모르나, 적어도 나에게는 감정을 떠난 이지(理智)의 욕구이며, 따라서 이것이 확실히 나의 창조의 고민을 구성하고 있는 중요 한 요소임을 외쳐 주장하려 한다.

이미 문제가 이러한지라, 나의 조선미술사는 비너스의 탄생이 천현해활(天玄海闊)한 대기(大氣) 속에서 일엽패

주(一葉貝舟)를 타고 천사(天使)의 유량(嚠喨)한 반주(伴奏)를 듣는 O과는 너무나, 실로 너무나 멀다. 칠 일을 위한(爲限)하고 우주만상(宇宙萬象)을 창조하던 조물주의 기적적 쾌감을 가져볼 날이 없을 것 같다. 오히려 메피스토(Mephisto)에게 끌려가려는 파우스트(Faust)의 고민상이 나의 학난(學難)의 일면상(一面相)이라고나 할까.

화강소요부(花江逍遙賦)

해 돋는 곳과 달뜨는 곳이 다 같은 동편(東便)이지만, 그 기점(基點)이 이곳에서는 확연히 다릅니다. 게다가 요사이는 달과 해가 꼬리를 맞대고 쫓아다닙니다. 해가 산 너머로 기울기 전에 달은 고개 너머로 솟아옵니다. 그리하고 지새는 별은 항상 부지런히 둥근 달을 쫓아다닙니다.

산 위에 또 산이 생기고 그 위에 바위가 생기고 폭포(瀑布)가 솟치고, 그러다가는 사람도 되고 짐승도 되고 백설(白雪) 덩이가 되었다가 화염(火焰)이 터지고 하는 구름은 서편보다 동편에서 많이 났다 사라지는 저녁의 노을이 외다.

시냇가에서 무심히 이러한 하늘을 바라보다가 다시 물결을 굽어보면 터너(J.M. W. Turner)의 풍경화를 생각하지 않을 수가 없습니다. 휠랑 푸르랑하게 돋쳐 흘러 가는 것은 눈앞에 놓인 물줄이지만, 멀리 산영(山影)이 잠긴 범범(泛泛)한 물 끝을 보면 백은(白銀)·황금(黃金)·남실(藍實)·주옥(朱玉)의 수파(水 波)가 어른어른합니다. 그 중에도 외광파(外光派)의 유화(油畫)에서 보는 듯한 경치는 백양(白楊)의 그림자외다. 이 위로 까마귀가 소리도 없이 외로운 몸으로 지나칠 때는 참으로 부박(溥博)한 비원(祕苑)에 잠겨 신화(神話)·전설(傳說)의 속에 든 사람이 됩니다.

흉금(胸襟)이 활연(豁然)히 열릴 만하지는 못하지만 분타(湓沱)한 필치로 일획(一劃)한 평야를 고개(高嵟)에 올라 굽어보면, 높고 낮은 산들이 둘러싸였고 이름난 준령(峻嶺)과 심곡(深谷)이 있는 곳이라 운행(雲行)이 자조롭습니다.

취우(驟雨)가 걷히자 금구(金鳩)가 창명(蒼冥)에서 사라질 때 희둥근 옥토(玉兔)는 별보다 먼저 나타납니다. 이때에 달 돋은 동쪽 고개에서 무지개 같은 구름다리의 푸른 줄기가 부챗살같이 일어나서 해 드는 서산(西山)으로 한 점에서 합하여 쿡 박힙니다. 넓고 좁은 그 줄이, 많으면 열이 넘고 적으면 한 둘까지도 줄어듭니다. 시시(時時)로 몇 줄이 한 줄로 합치기도 하고 한 줄이 몇 줄로 나뉘기도 합니다. 그러자 해가 아주 떨어지고 말면 그 줄이 불현 듯이 사라져 버립니다. 나이 적은 아이나 조금 지긋한 젊은이나 머리 흰 늙은이에게 "저것이 무엇입니까?" 물어보면, 주제넘은 이는 "무지개라오" 하고 아는 듯이 말하고, 제법한 사람은 "모릅니다." 하고 순순연(純純然)하게 대답 합니다.

이리 말하는 내 고을 이름은 화강(花江)이요, 알기 쉽게 말하면, 군(郡)으로는 평강(平康)에 속하나 가깝기는 철원(鐵原)과 김화(金化)의 경계이외다. 동 명(洞名)이 정연(亭淵)이니 그리 크달 수 없어 삼사십 호(戶)에 불과하고 오직 민가(民家)만 있으나, 고요한 마을이 못 되고 제대어복(臍大於腹)으로 주막(酒 幕)과 춘소부(春笑婦)가 많으므로 인하여 일백팔 인의 도배(徒輩)가 날로 늘 어 감은 강개(慷慨)를 아낄 수가 없습니다.

원래 토착(土着)된 민속이야 온후(溫厚)하지만 그들의
철도(鐵道)가 부설된이상엔 무회(無懷)·갈천씨(葛天氏)적
백성(百姓)만 고스란히 잔류될 수 없습니다. 초혜(草鞋)
는 와라지(わらじ)로, 주의(周衣)는 인반전(印半纏)으로,
'에헤이에-'는 '가레스스기'로 날로 변하여 갑니다. 지
사연(志士然)하게 만국류(萬掬淚)를 흘린대도 부질없기만
합니다.

만은, 인사(人事)는 인사이고 자연(自然)은 자연이외다.
내 원래 만필(漫筆)을 들었나니 어찌 미숙된 강개(慷慨)
로운 단어만을 진열(陳列)하리까. 차라리 미흡치 않고
용장(冗長)의 혐(嫌)이 없는 곳까지 흐르는 붓끝에 마음
을 맡겨 자유로운 소요유(逍遙遊)를 하여 볼까 합니다.

우선 준령(峻嶺)을 두고 말하여 보면, 북방의 오성산(五
聖山)과 남방의 금학 산(金鶴山)이 비록 상거(相距) 육칠
십 리로, 되어보는 자로 하여금 스스로 먼저 그 이름을
알고자 하게 만드는 대치(對峙)된 명산(名山)일까 합니
다. 그의 고하(高下)는 피차(彼此)를 말할 수 없으나, 운

195

행(雲行)이야말로 진진(津津)한 재미가 없다 할 수 없습니다. 억지로 기어 넘는 구름, 순순히 흘러 넘는 구름, 훌쩍 높이 뜨는 구름, 헤매기만 하는 구름, 빙빙 산허리를 돌기만 하는 구름, 내리는 구름, 오르는 구름, 이런 구름 저런 구름이 한여름을 두고 쉬는 날이 없습니다.

이른바 천행건(天行健)이 아니라 운행건(雲行健)이올시다. 오성산의 구름을 짜내어 그 물을 금학산으로 몰아가는 냇물의 줄기는 임진강(臨津江) 원류가 된다 하나, 이 마을의 경계 안에서는 적벽(赤壁)이라 부릅니다. 절벽(絶壁)진 삭암(削岩)이 상하연긍(上下連亘) 칠십 리로, 기망(旣望)엔 정히 동파(東坡)의 적벽강 오유(敖遊)를 가상(可想)케 함이 적지 않습니다. 가다가 평면(平面)진 거암(巨岩)이 수중(水中)에 돌출되어 창태(蒼苔)가 어우러진 곳은 선유대(仙遊臺)로 불렸고, 제법 된 소구(小丘)는 백운봉(白雲奉)의 명의(名義)로 처세하고 있습니다. 청의인(靑衣人) 장발족(長髮族)이 코찌르는 냄새가 오히려 성가시고 귀찮지만, 이 산중(山中)에 택리(擇里)한 후로는 웅위활달(雄偉活達)한 야인(野人)의 한담(閑談)이 적이 날로 하여금 작약(雀躍)함이 있도록 함이 뉘라고 정한 바 없이 감사하여 마지않았나이다.

그러나 그들을 위하여 다시 눈물겨운 말을 적어내지 않을 수가 없습니다.

그들은 현재로 만족하고 종교(宗敎)를 갖지 못하고 지식(知識)을 얻지 못한 진시(眞是) 가련한 여수(黎首)들이외다. 전설(傳說)다운 전설과 역사(歷史)다운 실적을 갖지 못하고 귀리밥과 강냉이 죽으로 진취(進取) 없는 소극(消極)의 생활을 하는 그들, 과거와 미래가 없는 생활을 하는 그들, 환멸(幻滅)의 비애 속에 자포(自暴)된 그들, 이러한 그들을 조상(弔喪)치 않을 수가 없나이다. 구름이 비늘지면 바다 풍년(豊年)이나 든다고 하나 그들의 풍년은 무엇이 말하는지요. 양생송사(養生送死)를 언제나 한(恨) 없이 하게 되는지요.

나는 백성을 붙잡고 향토(鄕土)를 예찬(禮讚)합니다. 속요(俗謠)를 묻고 전설(傳說)을 캡니다. 그러나 돌재돌재

(咄哉咄哉)인저. 그들은 망하지 않느냐. 망하여 가는 사람이 아니냐. 그들은 주린 사람이 아니냐. 그들은 헐벗은 사람이 아니냐. 그들의 소구(所求)는 나의 소멱(所覓)과 경정(逕庭)의 차쇄(差殺)를 이루고 있지 않느냐. 너는 둔마(鈍馬)니라, 백치(白痴)니라 하고 자책(自責)하고 자탄(自歎)함이 한두 번이 아니외다.

그들의 과거는 모두 민멸(泯滅)되고 있습니다. 상산사호(商山四皓)가 청구고 민(青邱古民)에게 무슨 관계가 있겠습니까마는, 오히려 선유(仙遊)하던 기국(基局)은 고려심산(高麗深山)에도 있고, 소동파(蘇東坡)가 조선 고허(古墟)에 하관(何關)이 있겠습니까마는 접역황천(鰈域荒川)에 오히려 적벽(赤壁)이란 이름이 있습니다. 옛적과 다름없는 지석(支石, dolmen)은 땅바닥에서 헤매 있고 주석(柱石, menhir)은 허천(虛天)에서 울어 있지만, 그리하고 팰러시즘(Phallecism)이 잔형(殘形)을 고집하고 있지만, 옛적과 달라진 그들은 다만 창천(蒼天)을 우러러 무토(無土)를 원소(怨訴)하고 있습니다. 민(民)은 이식위천(以食爲天)이외다. 의식족이지예절(衣食足而知禮節)이외다.

198

이 중에 나 홀로 자연을 찾고 있습니다. 벗하고 있습니다. 산악(山岳)에 조양(朝陽)이 떠오르고 유곡(幽谷)에 백무(白露)가 일 제, 야수(野獸)의 울음소리를 청전(靑田)에서 듣고 있습니다.

이슬방울을 굴러 가며 밭 속으로 걷노라
길 넘는 풀과 발아래 풀이 고스란히 나를 세례(洗禮)하노라 지저귀는 뭇새 아직도 숲속에서 떠나지 못하였노라
닭의 소리 기운찰수록
하늘 봇장 위에 조각달은 희어 가노라
별! 새벽별!
그는 벌써 얼음같이 푸른 면사(面紗)로 가리워졌노라 오직 나는 하늘과 땅에서 세 빛을 보나니
하나는 칠채(七彩)가 청초한 조양(朝陽)이요
하나는 백무(白霧)로 띠하고 서 있는 검푸른 산이요
그리고 끝으로 하나는 모래와 시내가 닿는 가름 사이에
법열(法悅) 속에 자차(咨嗟)하고 서 있는 백의(白衣)의 일존재(一存在)로다.

그렇다. 그는 이 악몽(惡夢)에서 소스라쳐 존재(存在)된
일백의(一白衣)이다.

그는 궤짝 속에서 몸부림하고 울었었다

이제 그는 영화(靈化)된 조양(朝陽)을 안고

흐르는 물결을 멀리 가리키고 섰나니

썩었던 배 속과 가슴 속에는

아침 기운이 청상(淸爽)하게 넘쳐 있노라

그 더욱이 구슬 같은 소리로 넘나는 한 마리 새를 창공
(蒼空)에서 봄이랴

전원(田園)의 새벽!

산은 아직도 검고 골은 아직도 흐리고 내는 아직도 흐
려 하지 않는다.

그러나 모든 검음은 땅으로 스며들며

광명은 동천(東天)에서 솟아나나니

가슴 속에서 흘러 나나니

들어라

황소의 울음소리 넓은 들 위에서 세상을 흔들지 않느냐

청상(淸爽)한 공기로 가슴에 가스를 불어 버리고
맑고 찬 바위 틈 흐름에서 네 몸을 재계(齋戒)하라
그리하고 팔아름 속에 검은 흙을 움켜 보아라
예천(醴泉)다운 향내를 기껏 양껏 마셔 보리라
호미와 괭이가 하늘땅으로 들어 나르는 곳에
보리, 벼, 기장, 곡식이
땅속에 뿌리박고 하늘에서 춤추노라

달빛을 물속에 보며 명상(冥想)의 연화보(蓮花步)를 흩뿌
려 갈 제 주낙을 떨쳐든 마을 사람을 벗은 채로 별빛에
봅니다 더구나 절후(節候)가 빠른 산중의 바람은 옷깃을
가만히 쥐어짜게 합니다.

풀끝으로 이슬이 굴러 오를 제
모래를 밟아 가며 거닐었노라
별 하나, 별 셋, 별 둘
유리창 하늘 위에는
달이 소리 없이 둥그노라

검은 산이 무겁게 깔리고

여울 소리에 가슴은 소름치노라

견우(牽牛)와 직녀성(織女星)이 보이랴마는

잎끝에 걸리는 바람결에

버러지 울음을 먼저 듣노라

유연(悠然)히 과거를 회상(回想)하고 미래를 추량(推量)하
면서 노래로 날과 밤을 이어 보내려 합니다.

이향(移鄉) 후의 첫 인상(印象)

1926년 8월 26일

『회교도(回敎徒)』독후감

"마호메트가 이 세상에 나올 제는 아버지는 벌써 없었고 어머니는 여섯 살 적에 여의었다. 유산이라고는 계집종 하나와 양 한 마리뿐이었다. 그는 삼촌에게도 의부탁(依付託)하였고 할아버지에도 의탁하였다가 스물다섯 살 적에 카디자(Khadijah)라는 부자 과부의 머슴이 되었다. 사람이 매우 지긍스럼에 카디자라는 과부는 그를 남편으로 삼았다. 외롭고 가난하던 마호메트의 행복은 다시 말할 수 없을 것이다. 결혼생활 십오 년 동안에 삼남 사녀를 낳았다. 나이 사십에 이르렀다. 사오십이라면 일본 사람은 벌써 은퇴한다든지 불 경(佛經)이나 외게 된다든지 글귀나 지으면서 안락을 탐하려 드는데, 마호메트는 당시 그 사회의 여러 가지 모순된 일과 불안된 것을 보고 원래 판무식쟁이의 그가 어찌하면 이를 구해 볼까 하고 모든 행복과 처자를 버리고 산 속으로 들어가 고행 수년에 득도를 해서 소위 이슬람교의 교주

(教主)가 되었다."—가사마 아키오(笠間果雄) 저, 『회교도』〔이와나미 신서(岩波新書)〕에서.

석가(釋迦)는 일국의 왕자요 또 교양이 있었고, 그리스도(基督)는 가난하고 또 교육을 못 받았고, 마호메트(Mahomet)는 가난뱅이로 치부한 무식쟁이였다. 우리 사십에 가까운 교양의 무리들은 어찌할 것인고. 이것은 니의 독후감이다.

2.

부록 (시)

성당(聖堂)

한 칸 방 서남창(西南窓)으로 우곶좌곶(右串左串) 창해
(滄海)와 성당(聖堂)이 한눈에 들어옵니다. 그 성당과 방
안엔 성(性) 다른 사람들이 학업(學業)을 닦다가 저녁 생
량(生凉)할 즈음엔 소풍(消風)을 하느라고 자주 내다들
보는 것이 일구(日久)하면 일구할수록 월심(月深)하면 월
심할수록 춘련(春戀)의 영(靈)은 친밀해지지요. 그러나
인간은 오직 정(情)의 화신(化身)만은 아닙니다. 지(知)란
것이 있고, 의(意)란 것이 있습니다.

> 석조(夕照)는 종각(鐘閣)에 빗겼고
> 모종(暮鐘)은 흐르는데
> 선녀(善女)야 부질없다
> 네 세상 천당(天堂)이라니
> 일건수(一巾手) 나는 곳에
> 투추랑수추파(投秋浪受秋波)가
> 성전(聖殿)의 담을 넘네
> 마러라 백항선(白航船)
> 차화를 내 그 보리

시조 한 수

범백화(凡白花)

봄이 피고

천만과(千萬果) 추실(秋實)일세 독고죽(獨孤竹) 유절죽
(有節竹)만 춘추(春秋) 없다 이르오니 어즈버 배올 것은
송여죽(松與竹)일가 하노라

춘수(春愁)

봄날은 슬픈 날
겨울날을 지나온
뜰 앞에 치잣닢도
햇빛이 떤다
날은 낮 두 시
북쪽 나라 젓소래도
멀리 들려 슬거워라
옛날의 추억—
서울 햇빛에도
시골 햇빛에도
영(靈)을 울린다

해변(海邊)에 살기

1

소성(邵城)은 해변(海邊)이지요

그러나 그 성(城)터를 볼 수 없어요

차고 찬 하늘과 산이 입 맞출 때에

이는 불길이 녹였나 보아요

2

고인(古人)의 미추홀(彌鄒忽)은 해변이지요

그러나 성(城)터는 보지 못해요

넘집는 물결이 삼켜 있다가

배앗고 물러갈 젠 백사(白沙)만 남아요

3

나의 옛집은 해변이지요

그러나 초석(礎石)조차 볼 수 없어요

사방으로 밀쳐 드난 물결이란

참으로 슬퍼요 해변에 살기